HEARTBEAT

Katherine Applegate

Sei cool, Christopher!

Katherine Applegate

HEARTBEAT

Die Serie über die erste Liebe

Weitere Titel der Serie im Taschenbuchprogramm bei RAVENSBURGER

RTB 8046
Janet Quin-Harkin
Was ist schon New York City?

RTB 8047
Elizabeth Bernhard
Wie küsst man einen Jungen?

RTB 8048
Katherine Applegate
Geteilte Liebe

RTB 8049
Callie West
Chris + Amy = ?

RTB 8050
Elizabeth Winfrey
Mehr als nur ein Freund?

Sei cool, Christopher!

Aus dem Amerikanischen
von Ellen Würtenberger

RAVENSBURGER BUCHVERLAG

Deutsche Erstausgabe
als Ravensburger Taschenbuch
Band 8051
erschienen 1997

Die Originalausgabe erschien 1995
bei Bantam, New York

unter dem Titel »Listen to My Heart«

Einbandfoto: Henning Alberti

RTB-Reihenkonzeption:
Heinrich Paravicini, Jens Schmidt

**Gesamtherstellung:
Presse-Druck Augsburg
Printed in Germany**

**Die Schreibweise entspricht den
Regeln der neuen Rechtschreibung.**

5 4 3 2 1 01 00 99 98 97

ISBN 3-473-58051-1

HEARTBEAT

Ich möchte mich bei Edmont Rostand
und William Shakespeare bedanken —
ohne ihren großzügigen Beistand hätte ich selbst
eine Handlung erfinden müssen.

Michael gewidmet,
der nur teilweise das Vorbild
für Michael Serrano war.

Kapitel I

Christopher MacAvoy knöpfte sein Hemd auf, streifte es mit einem kurzen Schulterzucken ab und zog die hochgekrempelten Ärmel über seine schmerzenden Oberarme. Er hängte das Hemd an den gerade aufgestellten Zaunpfahl, nahm seinen abgetragenen Cowboystrohhut ab und fächelte sich Luft ins Gesicht. Es war warm. So warm, wie es im Westen Montanas selten ist, selbst jetzt in den letzten Augusttagen. Sein widerspenstiges blondes Haar war im Nacken ganz verfilzt. Schweiß perlte auf seiner Stirn und lief ihm den Hals entlang hinab bis auf die Brust und ließ seine straffe, gebräunte Haut in der brennenden Sonne glänzen.

Noch ein Loch graben, einen Pfosten setzen und er war fertig. Er hielt das Locheisen mit beiden Händen gut fest und rammte es in den harten Grasboden. Nach links drehen. Nach rechts drehen. Zusammendrücken und hochziehen. Noch einmal.

Es war eine anstrengende Arbeit. Vor allem, weil er schon seit dem Morgengrauen ohne Pause damit beschäftigt war. Jetzt war es Mittag. Aber Christopher ist der Mann auf der Three Aces Ranch, und Männer machten nun einmal die Arbeit.

Der Mann – seit sein Vater vor zwei Jahren gestorben war. Christopher ist gerade mal fünfzehn gewesen. Obwohl seine Mutter den Betrieb leitete, und obwohl sie Angestellte hatten, musste er es sich selbst beweisen. Er wollte ein Rancher sein, wie sein Vater einer gewesen war, ein echter Rancher, nicht wie die Leute, die aus Hollywood und Beverly Hills kamen, und die eine Ranch kauften, weil sie fanden, dass es sich cool anhörte, über »ihre Ranch« zu reden, wenn sie in irgendeiner dieser Fernsehshows auftraten.

Diese Leute hatten keine Schwielen an den Händen. Christophers Hände waren so rau wie Schmirgelpapier. Diese Leute konnten nicht einmal ein Lasso über einen dieser Zaunpfosten werfen, geschweige denn auf ein übermütiges Kalb vom Rücken eines schnellen Pferdes aus. Diese Leute hatten ihre Muskeln aus dem Fitnesscenter und von den Aerobicstunden. Die festen Muskeln an Christophers Brust, Bauch und Schultern hatte er sich auf die harte Weise antrainiert – in langen Stunden anstrengender Arbeit.

Er hob den letzten Zaunpfahl an und ließ ihn mit einem befriedigenden Plumpsgeräusch in das Loch fallen. Er füllte Erde rund um ihn auf und stampfte sie mit dem Absatz seines Stiefels fest. Christopher blickte die Linie des Drahtzauns entlang, die den Besitz von Three Aces von der Pecos Pete Ranch trennte.

»Die Pecos Pete Ranch«, murmelte Christopher. Der Pecos River lag zwar in Texas und nicht in Montana, aber was machte das schon. Der Mann, dem P.P., wie die Einheimischen die Ranch spöttisch nannten, gehörte, hieß Craig Maslow, er war Hollywoodregisseur, Filmproduzent und Multimillionär. Er hatte seine vielen Millionen mit einem Film namens *Pecos Pete* gemacht.

Sie züchteten Lamas auf Pecos Pete. Lamas! Wenigstens hatten sie die Straußenzucht aufgegeben, nachdem einige im ersten Winter stocksteif gefroren waren. Und nun munkelte man, dass Maslow eine kleine Zebraherde halten wollte.

Einer der Gründe, weshalb Christopher den Zaun reparierte. Er hatte keine große Lust herauszufinden, was passieren würde, wenn die guten alten Montanarinder und –schafe plötzlich Lamas und Zebras aus Hollywood gegenüberstanden.

Und trotzdem kann ich es ihnen nicht verübeln, dass sie hierher gekommen sind, dachte Christopher, während er sich auf das Locheisen stützte. Er hatte nicht viel von der Welt gesehen, außer im Fernsehen und in Büchern, aber er war sich ziemlich sicher, dass das hier einer der schönsten Flecken auf der Erde sein musste.

Von hier aus blickte er auf eine riesige Fläche sanft gewellter Wiesen, bestes Weideland, in einem weiten fruchtbaren Tal. Das Tal erstreckte sich nach Norden und nach Süden bis zum Horizont hin. Im Osten konnte er in der Ferne ein Gebirgsmassiv sehen, grau und verschwommen … Aber es waren nicht seine Berge. Seine Berge waren viel näher. Sie erhoben sich im Westen, steil wie eine Mauer, die jemand quer durch die Prärie gebaut hatte. Die unteren Hänge waren mit Wacholder und verschiedenen Kieferarten bedeckt, durchbrochen von Weiden, auf denen im Frühjahr Wildblumen blühten. Die hohen Berggipfel waren so nackt wie Knochen, zerklüftet und spitz wie scharfe Zähne, die versuchten, ein Loch in den Himmel zu reißen.

Das letzte Schmelzwasser speiste einen Fluss, der den Berg hinabstürzte, eine tiefe, enge Furche in das Land der Nachbarn, der Maslows, zog und sich dann verbreiterte, wo er die Three Aces Ranch von Christopher und seiner Mutter erreichte. Gleich unterhalb des Hügels, auf dem Christopher jetzt stand, bildete der Fluss in der Senke einen kleinen Teich. Ein paar Weiden und Birken und eine Gruppe Büsche grenzten an den Teich.

Es war sehr warm. Christopher war völlig verschwitzt, und er wusste, dass das Wasser schön kühl war. Kühl und erfrischend.

Er setzte sich ans grasbewachsene Ufer, zog die schlammverkrusteten Stiefel von den Füßen und streifte die Socken ab. Dann stand er auf, zog seine Wrangler und die Boxershorts aus und ging langsam aufs Ufer zu. Er hatte schon immer nackt in diesem Teich gebadet, seit er ein kleiner Junge gewesen war. Damals hatte er ein Seil um einen überhängenden Zweig geschlungen, sodass er Tarzan spielen und sich weit über die Wasserfläche schwingen konnte, bevor er hineinsprang.

Vielleicht sollte er das mal wieder machen.

Das Wasser war super, eiskalt. Er stöhnte vor Behagen und ließ sich sinken, bis es über seinem Kopf zusammenschlug. Dann erst fiel ihm sein Hut ein. Er hatte vergessen, ihn abzunehmen. Er blickte an die Wasseroberfläche und sah ihn über sich dahintreiben, wie ein ovales Boot, bei dem die Sonne durch jedes Loch des Strohgewebes schien.

Lachend kam er wieder an die Oberfläche. Er setzte den Hut auf sein nun gekühltes Gesicht und legte sich zurück, ließ sich an der Oberfläche treiben, schwebte zwischen heiß und eiskalt, und ruhte sich aus.

Möglicherweise würde es das letzte Mal sein, dass er hier baden gehen konnte. Morgen war der erste Schultag und das bedeutete, dass der Herbst bald kommen würde. Der Montanasommer wechselt schnell in einen Herbst, der ebenso schnell vom Winter abgelöst wird.

Erster Schultag. Die sichere Chance, alle seine Freunde wieder zu treffen, die er im Sommer selten sah, höchstens mal im Futtermittelhandel in der Stadt.

Die Chance, *sie* wiederzutreffen.

»Fang gar nicht erst an, an sie zu denken«, murmelte er.

Aber er dachte doch an sie. *Hatte* während des letzten Jahres einfach ständig an sie denken müssen. Morgen würde er sie wieder sehen. Und dieses Jahr musste es irgendwie passieren, denn es war das Abschlussjahr. Die Zeit lief ihm davon.

Zwei Dinge musste er gleich zum Schulanfang auf die Reihe kriegen.

Das eine: Der erste Schulball fand am Freitag statt und er wollte sie unbedingt bitten, mit ihm hinzugehen. Das zweite: Am darauf folgenden Wochenende würde das Longhorn Rodeo stattfinden, das letzte der Saison. Und er wollte unbedingt dabei sein und seinen allerersten Qualifikationsritt schaffen, er würde sich lächerlich machen, wenn er's nicht endlich packte.

Das war schon eine ganze Menge. Schule, die Arbeit hier auf der Farm, ein Mädchen und ein Bulle. Die ersten beiden Sachen waren einfach harte Arbeit. Die anderen schon irgendwie zum Fürchten. Er grinste über sich selbst. Was für'n Blödsinn, dachte er, sich vor einem vielleicht knapp über fünfzig Kilo wiegenden Mädchen genauso sehr zu fürchten, wie vor einem siebenhundert Kilo schweren Bullen. Eigentlich sogar mehr Angst vor *ihr* zu haben. Schließlich konnte nur der Bulle ihn wirklich töten.

Also beschloss er, am besten erst gar nicht anzufangen, sich Sorgen zu machen. Das würde sowieso zu nichts führen und er hatte noch eine Menge Arbeit vor sich.

Er streckte ein Bein aus und fühlte den Grund höchstens einen halben Meter unter sich. Schlamm quoll zwischen seinen Zehen hindurch. Er stand auf, nahm seinen Hut vom Gesicht, setzte ihn sich auf den Kopf – und merkte, wie sein Herz stillstand.

Er war nicht allein. Jemand stand am anderen Ufer und sah zu ihm herüber. Ein *weiblicher* Jemand.

Jemand Weibliches, den er kannte.

Sie.

Christopher schnappte nach Luft. Blitzartig bewegte sich sein Hut vom Kopf an einen weiter unten gelegenen Ort.

»Sorry, hab ich dich erschreckt?«, fragte Roxana Maslow. Alle, die sie kannten und mit ihr redeten, nannten sie Rox. Das heißt, *wenn* sie mit ihr redeten, was Christopher eigentlich noch nie so recht getan hatte.

Christopher schnappte noch mal nach Luft. Er fing einen Satz an … oder fing zumindest an zu überlegen, was er sagen *könnte*, wenn sein Gehirn ganz normal mit seinem Mund verbunden wäre. Stattdessen klammerte er sich lediglich an seinem Hut fest.

»Ich hab nicht gewusst, dass jemand hier unten ist«, sagte Rox.

Er nickte und bestätigte damit, dass er wirklich hier war.

»Ich hab nicht rumspioniert oder so«, meinte sie, als ob er das behauptet hätte.

Er schüttelte den Kopf.

»Hab eigentlich gar nichts gesehen«, sagte sie. »Jedenfalls nicht viel.«

Ein leiser winselnder Laut rutschte aus seiner Kehle, eine Mischung aus Verlegenheit und Frust. Frust, weil ihm immer noch komplett gar nichts einfiel, was er zu Rox Maslow sagen könnte. Obwohl manche Leute, die ihn kannten, behaupten würden, dass das eben schon so eine Art Begrüßung gewesen war.

Das Problem war, dass er es noch nie geschafft hatte, irgendetwas zu Rox Maslow zu sagen. Er hatte sie zum ersten Mal gesehen, als sie in Longhorn, hier in Montana, ankam, und dann jeden Tag hier in der Schule. Christopher war noch nie einer dieser charmanten redegewandten Typen gewesen. Selbst bei Mädchen, die er schon seit Ewigkeiten kannte, schienen seine Gespräche fast nur aus Ja, Nein, Aha und nicht näher bestimmbaren Lauten zu bestehen.

Die Leute sagten, er wär kein Mann vieler Worte. In Montana war das ein ziemliches Kompliment, sozusagen ein Zeichen von Reife. Aber Christopher wusste es besser. Das hatte mit Reife nicht die Bohne zu tun, er wusste, es war schlicht und einfach Angst. Er hatte Angst vor sämtlichen weiblichen Wesen außer seiner Mutter. Und von allen weiblichen Wesen, die auf dem Planeten Erde lebten, hatte er am meisten Angst vor Rox Maslow.

Und zwar ganz einfach, weil sie das schönste Mädchen war, das er jemals gesehen hatte. Sie war so schön, dass es ihm richtig wehtat, wenn er sie nur ansah.

So auch jetzt. Sie trug ein superkurzes, leichtes Kleid, das bei jedem Luftzug nach oben rutschte, sich um ihren Körper schlang und ihre Konturen nachzeichnete. Ihre Beine waren lang, lang und nackt und von da, wo das Kleid aufhörte, ein Stück weit über den Knien bis zu den Schäften ihrer Cowboystiefel, absolut perfekt. Sie schob ihre langen, welligen rotbraunen Haare mit einer lässigen Bewegung aus dem Gesicht und lächelte.

»Wir sind ja schließlich Nachbarn«, meinte sie. »Obwohl das natürlich euer Land ist und ich besser nicht einfach rübergekommen wäre, ohne um Erlaubnis zu fragen. Ich bin mir nie so richtig sicher, wie die Regeln hier sind, immer noch nicht.« Und Christopher sagte: »Rox, du bist jederzeit auf Three Aces willkommen, wann immer du uns mit deiner Anwesenheit beglücken möchtest. Eher würde ich den Besuch eines Engels ablehnen. Du bist hier so willkommen wie die Sonne, der blaue Himmel, so willkommen wie die Luft, die ich atme, denn obwohl wir noch nie miteinander gesprochen haben, habe ich dich doch aus der Ferne geliebt. Du bist in meinen Träumen, du …«

Oder das war es zumindest, was er gerne gesagt hätte. In Wirklichkeit sagte er »Ähem«.

»Du findest, dass ich hier nichts zu suchen habe?«, fragte Rox.

»Nein, Ma'am.«

Sie lächelte. Sie hatte ein Lächeln, das ihm zitternde Knie verursachte.

»Meinst du, ich sollte überhaupt nicht hierher kommen, oder nur dann nicht, wenn ich dich dabei beim Nacktbaden erwischen könnte?«

Christopher schluckte wieder. »Letzteres.«

Rox nickte. »Na ja, ich entschuldige mich hiermit, dass ich so einfach in dein Privatleben eingedrungen bin. Ich bin immer noch dabei, mich an das Leben hier zu gewöhnen. Ich nehme an, die Leute in Kalifornien sind einfach ein bisschen ...« Sie bremste ab, so, als ob sie das Gefühl hätte, zu viel zu reden. »Tut mir Leid«, meinte sie einfach.

Christopher bewegte seinen Kopf auf eine Art, die teils Zustimmung, teils Vergebung und teils kühle Gleichgültigkeit bedeuten konnte und letztendlich doch nur wie ein nervöses Zucken aussah.

»Na, wir werden uns ja in der Schule sehen«, sagte sie. Damit drehte sie sich um und ging. »Obwohl ich bezweifle, dass ich da genauso viel von dir sehen werde.«

Ihr unbeschreiblich schönes Lachen lag noch in der Luft, als sie schon außer Sichtweite war. Und mehrere Minuten lang stand Christopher einfach da, hielt sich immer noch an seinem Cowboyhut fest und hätte sich am liebsten ersäuft. Es war nicht mal so sehr die Sache, dass sie ihn hier nackt gesehen hatte (obwohl das auch nicht gerade hilfreich gewesen war). Vielmehr war es die unumstößliche Gewissheit, dass er bei seinem ersten echten Zusammentreffen mit Rox Maslow wie ein kompletter Vollidiot geklungen hatte.

»Bring es hinter dich, Christopher«, sagte er am Boden zerstört. »Kill dich am besten selbst.«

Leider konnte er sich nicht wirklich umbringen. Nicht wenn er so viel Arbeit hatte.

»Okay, hat nicht funktioniert«, murmelte Rox vor sich hin, als sie durch den kaputten Zaun stieg, hinüber auf das Gelände ihrer eigenen Ranch. »Genau genommen war es eine Katastrophe. Wie hätt ich auch ahnen sollen, dass er nichts anhat?«

In ihrer Vorstellung sollte alles ganz anders ablaufen. Nämlich so: Christopher ruht sich an einen Baum gelehnt aus, denkt nach, hängt einem seiner wunderschönen Tagträume nach ... vielleicht Tagträume über sie. Und als sie auftaucht, lächelt er und lässt sie in seiner schüchternen, zurückhaltenden Art wissen, wie sehr er sich freut, dass sie den ersten Schritt getan hat, sie beide zusammenzubringen.

Dann reden sie ewig miteinander und stellen fest, dass sie eine Menge gemeinsam haben, obwohl sie aus zwei total verschiedenen Welten sind. Vielleicht ist da sogar ein kurzer Kuss, ein kurzes Streifen seiner Lippen über ihre.

Sie kostete das einen Moment lang aus.

Solche Träume waren etwas Wunderbares. Zu schade nur, dass Traum und Wirklichkeit so überhaupt nicht zueinander passten.

Rox beschattete ihre Augen und sah sich um, bis sie es entdeckte – Drifter, ihr Pferd. Sie stieß einen scharfen Pfiff aus – sie hatte gerade erst gelernt, wie man auf zwei Fingern pfiff – und Drifter galoppierte heran. Es war ein tolles Pferd, ein Quarter Horse, wie alle Pferde der Einheimischen, ganz was anderes als die verzärtelten Vollblüter, die ihr Vater unbedingt züchten musste.

»Na, Kleiner«, sagte sie, stöhnte und klopfte seinen kräftigen braunen Hals. »Weißt du noch, mein toller Plan? Hat nicht ganz so funktioniert, wie ich mir's gedacht hatte. Nein.« Drifter schaute sie an. Er schien sie zu verstehen. Seine Ohren bewegten sich.

Rox schwang sich also in den Sattel und lenkte ihn im gemütlichem Schritttempo in Richtung Heimat. Es waren beinahe zwei Kilometer bis zu ihrem Haus, aber sie hatte keine Eile. Sie wollte Zeit zum Nachdenken haben. Und bei Rox hieß Nachdenken für gewöhnlich laut Reden.

»Das Problem ist, Drifter, ich weiß nicht warum, aber irgendwie kann ich ihn nicht einfach vergessen. Weißt du, was ich meine? Vielleicht nicht, du bist ja ein Wallach. Sorry, dass ich das gesagt hab. Ich meine nur, wenn er irgendein x-beliebiger Typ wäre, würd ich es einfach fallen lassen. Ich würde mir sagen, okay, er ist wohl nicht interessiert. Kein Problem und tschüss.«

Nur, Christopher war eben nicht nur irgendein x-beliebiger Typ, das wusste Rox, todsicher. Sie hatte ihn vor einem Jahr zum ersten Mal gesehen, zu Beginn ihres ersten Jahres an der Highschool hier, als sie gerade von L.A. nach Longhorn gezogen war. Sie hatte sich nicht auf den ersten Blick in ihn verknallt, aber schon gleich am Anfang hatte er so ein seltsames Gefühl in ihr ausgelöst, ungefähr so wie die kleineren Erdbeben, die in Los Angeles immer die Fensterscheiben zum Klirren brachten. Und das ganze Jahr hindurch war das so nach und nach immer stärker geworden. Sie hatte Montana lieben gelernt, Christopher war Montana für sie geworden. Oder vielleicht war es andersherum. Egal, es war sogar mehr als das. Es war etwas tieferes, etwas ganz tief in ihr drin, wie eine Stimme, die ihr immer erzählte: »Das ist er, das ist er«, immer wieder von neuem.

Ihre beste Freundin, Darby Todd, meinte, es würde daher kommen, dass Christopher im Grunde für sie unerreichbar sei. Darbys Theorie besagte, dass Rox nur haben wollte, was sie nicht bekommen konnte und sie konnte Christopher nicht haben, weil er aus einer anderen Welt war. Schwer zu glauben, dass sie beide tatsächlich Menschen ein und derselben Rasse waren. Zum Beispiel, so hatte Darby gemeint, würde Christopher nicht mit seinem Pferd reden. Genau genommen war es zweifelhaft, ob Christopher überhaupt jemals mit irgendjemandem über irgendwas redete, wohingegen Rox – wenn man Darby glauben sollte – selten den Mund hielt.

»Darby schüttet dich ständig zu mit solchem Zeug«, erklärte Rox Drifter. »Sie meint, alles wäre einfach nur psychologisch. Und überhaupt, wer sagt denn, dass Christopher und ich nicht zusammenpassen würden? Ich muss es hinkriegen, dass wir uns möglichst bald wieder treffen. Noch vor dem ersten Schulball. Ich weiß bloß noch nicht, wie.«

Kapitel 2

Der Radiowecker klingelte am nächsten Morgen um 4.30 Uhr. Tanya Tucker sang »We Don't Have to Do This.«

»Und ob wir müssen«, murrte Christopher. »Wir müssen eindeutig.« Jetzt hatte er wieder Schule und da fing der Tag für ihn eine Stunde früher an als sonst.

Er rollte sich aus dem Bett, stand auf und suchte im Dunkeln, ein Auge immer noch vom Schlaf verklebt, nach seinen Jeans. Er würde später duschen, nach seiner Morgenarbeit, bevor es in die Schule ging.

»Morgen Christopher«, sagte seine Mutter, als er in der Küche auftauchte. Sie stand immer schon eine halbe Stunde früher auf als er, damit Kaffee und Saft schon auf dem Tisch sind, wenn Chris kommt, damit Speck und ein Stapel gebratene Würstchen fertig auf einem Teller warten, drei Eier in einer Pfanne brutzeln können.

In dem kleinen Fernseher auf der Anrichte lief CNN, die Lautstarke heruntergedreht. Dieses frühe Frühstück gab es nur für ihn. Duke und Elmont, die beiden angestellten Cowboys mittleren Alters, würden in einer halben Stunde da sein, um sich vor der Arbeit zu stärken.

Duke und Elmont waren die einzigen Vollzeitkräfte. Die anderen, jüngeren Helfer kamen und gingen als Teilzeitarbeiter.

Christopher gab seiner Mutter einen flüchtigen Kuss auf die Wange und ließ sich am Tisch nieder.

»Erster Schultag heute«, sagte seine Mutter, als sie die Eier auf seinen Teller gleiten ließ.

»Ja, Ma'am«, stimmte Christopher zu. Hastig trank er abwechselnd vom Kaffee und vom Orangensaft.

»Freust du dich? Dein letztes Jahr?«

Christopher dachte kurz nach. Freute er sich darauf? Er hatte keine rechte Meinung dazu, so oder so. Also sagte er nichts. Seine Mutter zwinkerte und lächelte ihm zu. »Mir tut die arme Frau Leid, die eines Tages mit dir endet«, sagte sie. »Genau wie dein Vater – du gehst mit Worten um, als ob sie jeweils fünf Dollar kosten würden.«

Christopher lachte. Das war ein alter Witz zwischen ihm und seiner Mutter. Aber dann erinnerte er sich an die Szene gestern am Teich mit Rox und fügte hinzu: »Ich nehme an, Daddy hat es immer geschafft, die wichtigen Dinge zu sagen.«

Seine Mutter sah ihm in die Augen und wandte dann den Blick zu dem kleinen gerahmten Foto, das sie über der Spüle hängen hatte – ein Mann mit einem breiten selbstsicheren Lächeln, den Hut zur Seite geschoben. »Ja, ich schätze, das hat er schon geschafft«, sagte sie liebevoll zu dem Bild von Christophers Vater.

»Ich überlege, ob ich mich fürs Rodeo anmelden soll«, sagte Christopher. »Ich hab die Meldegebühr zusammengespart.«

»Das musst du schon selbst entscheiden«, antwortete seine Mutter, darauf bedacht, neutral zu bleiben.

»Als er in meinem Alter war, hatte Dad schon zwei Qualifikationsritte hinter sich«, sagte Christopher.

»Und drei gebrochene Rippen«, meinte seine Mutter.

Wenn schon, dachte Christopher, es war nicht das Rodeo gewesen, das seinen Vater das Leben gekostet hatte, sondern ein Unfall bei der Ernte. Er hatte Heu gemacht und war von dem hoch aufgetürmten Wagen gestürzt.

»Ich fang jetzt besser an«, sagte er, ohne auf den Einwurf seiner Mutter einzugehen.

Three Aces hatte nur knapp zweitausend Morgen, etwas mehr als ein Sechstel der Größe von Pecos Pete. Aber im Gegensatz zu P. P. war Three Aces ein geschäftiges, funktionierendes Unternehmen, das mit einer Herde von nicht ganz vierhundert Angusrindern, einer stets und ständig Ärger machenden Herde Targheeschafe, genügend Schweinen und Hühnern, um die Farm damit zu versorgen, mit großen Flächen Gras und Weizen, einem kleinen Kartoffelfeld und einem halben Dutzend guter Pferde einen kleinen Gewinn einfuhr.

All die Tiere mussten gefüttert, getränkt, ausgemistet, medizinisch versorgt, kastriert, geschoren, gestriegelt, umgestellt, gebrannt oder zusammengetrieben werden, meistens brauchten sie gleich alles zur gleichen Zeit. Die Pflanzen mussten angepflanzt, gedüngt, gespritzt und geerntet werden. Der Traktor, der Mähdrescher und die Wagen waren alle alt und mussten ständig zur Reparatur. Der Stall und das Haus und die kilometerlangen Zäune mussten instand gehalten werden.

Und Christopher war für einen großen Teil dieser nie aufhörenden Arbeiten zuständig.

Genauer gesagt musste ein Großteil davon zwischen

4.30 Uhr und 6.45 Uhr erledigt werden, denn dann duschte er, zog sich um, schnappte eine Thermoskanne voll Kaffee und ein riesiges belegtes Brot für die Fahrt, winkte Duke und Elmont zum Abschied und machte sich auf den langen Weg nach Longhorn.

Aber wenn das Wetter so gut war wie an diesem Morgen, war die Fahrt ein richtiges Vergnügen. Er fuhr der aufgehenden Sonne entgegen, gerade mal ein Leuchten, das sich hinter dem Gebirge versteckte und auf seiner Vorderseite Schatten warf. Er hatte die Fenster des Autos heruntergekurbelt, obwohl die Luft kühl war, und er fuhr schnell die einspurige unbefestigte Straße entlang, ließ Staubwolken zurück und genoss den Geruch von Heu und Erde, das Geräusch des Motors und das Dröhnen der Reifen auf dem Schotter.

Erster Schultag. Abschlussjahr. Da gab es viel, über das er nachdenken musste, was dieses Jahr betraf.

Seine Mutter wollte, dass er aufs College ging. Sie fand, ein moderner Rancher brauchte eine gute Ausbildung. Aber Christopher war sich da nicht so sicher. Es würde viel Geld kosten, aufs College zu gehen, und es hieß entweder, dass er mehr als hundert Meilen nach Bozeman pendeln musste oder – was wahrscheinlicher war – dass er ganz dorthin zog. Er konnte vielleicht hundert Meilen pro Fahrt schaffen, wenn das Wetter so gut war wie heute. Aber es war selten so gut. Und wenn er nach Bozeman ging, würde seine Mutter es schaffen, die Ranch ohne ihn weiter zu betreiben?

Die unbefestigte Straße mündete am höchsten Punkt eines leicht ansteigenden Hügels in die asphaltierte Bezirksstraße. Auf der Bezirksstraße war tosender Verkehr – ungefähr ein Fahrzeug, alle zwei Minuten, – Autos, Pick-ups und landwirtschaftliche Fahrzeuge wechselten sich ab.

Christopher hielt an, um einen Blick zurückzuwerfen. Er war am höchsten Punkt der Strecke angelangt. Er konnte die Farm sehen, das Haus, den Stall, die Scheunen – winzige Gebäude, die wie kleine, zerbrechliche Rettungsboote auf einem Meer flacher, welliger Hügel schwammen. Nebel lag in den Niederungen unmittelbar hinter der Farm, Nebel verfing sich in den wunderschönen Birken, die sein Urgroßvater gepflanzt hatte, damit das Haus Schatten hatte. Sein Urgroßvater hatte die Ranch beim Kartenspielen gewonnen. Mit drei Assen.

Es war derselbe Anblick, den er schon viele Male gesehen hatte, und dennoch konnte er sich daran nicht satt sehen. Jeden Tag sah es anders aus, wenn die Wiesenblumen blühten und verblühten, das Korn reifte und geerntet wurde und das Tal von Grün zu Goldfarben und zu Schneeweiß wechselte.

Von hoch oben im Norden, von Kanada, zog der Winter bereits heran, bereitete sich auf den unbarmherzigen Gang nach Süden vor. Das machte diese grüne und fruchtbare Gegend noch schöner, das Wissen darum, dass sie bald verschwunden sein würde.

In wenigen Monaten war der Teich, an dem Rox mit ihm gesprochen hatte, zugefroren, bis auf einen schmalen Kanal durch die Mitte, wo die Strömung stark genug war, um ihn eisfrei zu halten.

Das wär besser gewesen, dachte Christopher. Wenn gestern Winter gewesen wär und der Teich mit Eis bedeckt. Dann wäre er, Christopher, nicht in so eine blöde Situation geraten. Darum nämlich hatte er sich wie ein Vollidiot benommen – vor lauter Verlegenheit. Wer wäre da nicht verlegen gewesen? Und das war es, was ihm seine große Chance vermassselt hatte, um …

Um was?, fragte er sich. Um sie mit seinem sprühenden Witz geradezu zu überschütten? Wohl kaum.

Irgendjemand hatte behauptet, dass Rox Maslow mal mit einem berühmten Schauspieler aus einer Fernsehshow zusammen gewesen wär. So erzählte man jedenfalls. Na gut, eines war auf jeden Fall sicher: Sie kam aus einer Welt, in der die Typen Porsche fuhren und nicht Pick-ups. Und wo 4.00 Uhr spät in der Nacht war und nicht früh am Morgen.

Christopher stieg wieder ins Auto, bog auf die Bezirksstraße ein und steuerte in Richtung Longhorn, das immer noch fünfunddreißig Meilen entfernt lag.

Er war erst zehn Minuten gefahren, als er ein am Straßenrand stehendes Auto entdeckte. Die Kühlerhaube war offen und es lehnte jemand am Kofferraum.

Noch aus der Ferne erkannte Christopher den Wagen, und dann erkannte er sie. Es gab nicht viele Mazdas in der Gegend.

Er musste anhalten, das wusste er. Es wäre nicht gerade im Sinne guter Nachbarschaft, vorbeizufahren, ganz zu schweigen davon, dass es nicht okay war, sie hier draußen stehen zu lassen, zwanzig Meilen von der nächsten Tankstelle oder Telefonzelle entfernt.

Er wusste also, dass er anhalten musste. Aber allein schon der Gedanke daran, so kurz nach dem Debakel des Vortages schon wieder mit Rox Maslow sprechen zu müssen, schnürte ihm die Kehle zu, ließ sein Herz hämmern und seinen Kopf dröhnen.

Er lenkte das Auto auf den Randstreifen hinüber und kam direkt hinter ihr zum Halten. Sie trug ein ähnliches Kleid wie gestern, nur hatte sie nun ein ausgeleiertes Sweatshirt darüber, gegen die morgendliche Kühle.

In dem perlmutt- und lavendelfarbenen Licht der frühen Sonne sah sie wunderschön, verletzlich und energiegeladen zugleich aus. Er hätte in diesem Moment alles gegeben, um nur einen einzigen vernünftigen Satz hervorzubringen.

Er kletterte aus dem Fahrerhäuschen und tippte wie immer an die Krempe seines Hutes, als Respektbezeugung vor einer Lady.

»Morgen«, zwang er aus seinem völlig ausgetrockneten Mund heraus.

»Oh, guten Morgen«, sagte sie. »Irgendwas ist, äh … irgendwas stimmt mit meinem Auto nicht.«

Er nickte. Als er näher trat, konnte er den platten Reifen sehen. Kein großes Problem. Er musste nur den platten gegen den Ersatzreifen auswechseln. Es würde keine fünf Minuten dauern. Sicherlich konnte er es schaffen, fünf Minuten lang nicht als Idiot dazustehen, der keinen Ton von sich geben konnte.

»Ich werd den Ersatzreifen nehmen müssen«, sagte er

und ruckte abgehackt mit dem Kopf in Richtung Kofferraum.

»Den Ersatzreifen?«, wiederholte sie. Ein verlegenes Lächeln. »Ich glaub nicht, dass ich einen Ersatzreifen hab. Ich hab ihn rausgenommen, ich wollte mehr Platz haben. Es ist ein ziemlich kleiner Kofferraum. Ich mag das Auto, aber echt, der Kofferraum ist ziemlich klein.«

Christopher war fassungslos. Zum einen, weil es schwer vorzustellen war, dass irgendjemand – sogar jemand aus Hollywood – nicht wusste, dass man in den weiten unbewohnten Flächen von Montana einen guten Ersatzreifen brauchte. Aber viel schlimmer war die Feststellung, dass er keine Ahnung hatte, was er sagen oder tun sollte.

Er sagte: »Kein Ersatzreifen?«

»Nein, tut mir Leid«, sagte sie.

Er versuchte, seinem Gehirn auf die Sprünge zu helfen, darüber nachzudenken, was er um Himmels willen als Nächstes sagen konnte, aber gerade da passierte es: Rox strich sich die Haare aus den Augen, kämmte sie mit den Fingern zurück. Dieses kleine Ereignis löschte Christophers Gedankengang und ließ nur noch Platz für eine einzige Vorstellung: Er wollte ihr Haar berühren – er wollte es mit einer Verzweiflung und Intensität, die ihn bis ins Innerste erschütterte – ihr Haar berühren.

»Nun …«, sagte sie und wartete.

Er kehrte schlagartig in die Realität zurück. Er schluckte mühevoll. »Nun, ähm, am besten fährst du wohl mit mir mit«, sagte er und hörte sich an, als würde er das Datum seiner eigenen Hinrichtung verkünden.

»Das wär total toll, wenn du mich mitnehmen könntest«, sagte sie. »Ich kann von der Schule aus bei mir zu Hause anrufen und mein Dad kann jemanden schicken, der sich um das Auto kümmert. Das sollte kein Problem sein, und nach der Schule lässt er mich abholen.«

»Mein Wagen ist …« er wies ungeschickt mit dem Daumen nach hinten, um zu zeigen, wo sein Auto stand. *Idiot, als ob sie ihn nicht gesehen hätte,* sagte er sich lautlos. *Es ist ein ganz toller, großer, alter gelber Pick-up, Christopher. Sie hat ihn wohl schon selbst entdeckt.*

»Ich hol nur schnell mein Schulzeug«, meinte Rox. Sie lief um das kleine rote Auto herum und lehnte sich durch das offene Fenster nach innen.

Ihr Rock rutschte gefährlich weit hoch und Christopher drehte sich schnell weg, ein kleines bisschen sauer darüber, weil sie sich so aufreizend anzog. Aber dann auch wieder nicht allzu sauer.

Kurz darauf fuhren sie weiter, Seite an Seite im Fahrerhäuschen, das nun allein von Rox' langen nackten Beinen und Rox' Parfüm und dem leichten Klang von Rox' Stimme ausgefüllt wurde.

Sie war hier, direkt neben ihm, *in seinem eigenen Wagen.* Wenn er das nur geahnt hätte, hätte er ihn noch geputzt.

»Das ist wirklich nett von dir«, sagte Rox.

»Ja, Ma'am.« Mit finsterem Gesicht umklammerte er das Lenkrad.

Rox lachte. »Wieso immer Ma'am? Du sagst doch bestimmt nicht zu jedem Mädchen Ma'am, oder? Ich meine, wie steht's mit Cassie und Julia und Kate und all den andern Mädchen in der Schule? Zu denen sagst du doch nicht Ma'am.«

»Nein Ma'am.«

»Also warum dann zu mir? Nenn mich Rox, oder Roxana, wenn du unbedingt willst. Mir ist Rox lieber. Es hört sich ... na ja, eigenständiger an, unabhängiger.«

War das eine Frage gewesen? Er versuchte es zu analysieren. Der Satz hatte mehrere Elemente enthalten. Zumindest eines davon war eine Frage gewesen.

»Also«, sagte sie, »du hast mir keine Antwort gegeben. Warum sagst du Ma'am? Wieso, bin ich denn was Besonderes?«

»*Besonderes?* Nur insofern, dass Schönheit, Reinheit, Anmut und Perfektion etwas Besonderes sind. Besonders nur insofern, als das tiefste Glück, die größte Freude, die man erfahren kann, die –«

»Also, ich meine, nenn mich einfach Rox, okay?«, sagte sie.

Er zog den Kopf mit einem abgehackten kleinen Nicken ein, das wie immer Zustimmung bedeuten sollte.

»War das ein Ja?«

»Ja, Ma'am. Ich meine ... Rox.«

»Siehst du? War gar nicht so schwer«, sagte sie. »Weißt du, das von gestern, das braucht dir nicht peinlich zu sein.«

Eine Welle des Unbehagens überkam ihn. Gestern. Er hatte es geschafft, in seiner momentanen Qual den Tag gestern total zu vergessen. Jetzt hatte sie das Wort ausgesprochen – gestern. Was bedeutete, dass sie sich daran erinnerte. Was bedeutete, dass sie jetzt, in diesem Augenblick daran dachte, wie er gestern gestottert hatte und rot wurde und sich an seinen Cowboyhut geklammert hatte wie an die letzte Rettungsweste auf der Titanic.

»Da, jetzt wirst du rot«, betonte Rox.

Das war zu viel. Männer wurden nicht rot. Cowboys schon gar nicht. »Nein, Ma'am. Ich meine ... Rox.«

Sie lachte fröhlich. »Ich bin doch nicht blind. Ich seh's doch selbst. Kommt grade vom Hals nach oben.«

Und dann, um es deutlicher zu machen, fuhr sie mit dem Finger von seinem Kragen zu seinem Kinn.

Sie hatte ihn berührt. Mit ihrem eigenen, ihrem Finger. Ohne es zu wollen, hob er die Hand vom Lenkrad und berührte die Stelle, wo sie ihn berührt hatte. Er ließ seine Hand eine Weile dort liegen, eine ziemlich lange Weile. Und als er wieder auf dem Erdboden landete, bemerkte er, wie sie ihn ansah, ihn anstarrte, um ehrlich zu sein, und lächelte, auf eine Art, die sie glücklich aussehen ließ, aber auch irgendwie geheimnisvoll und sehr zufrieden.

Ihre Stimme war jetzt tiefer, ruhiger, als sie sprach. »Du bist wohl 'ne ganze Weile weg gewesen, nachdem ich dich berührt hab«, sagte sie. »Ich mag gar nicht daran denken, was passieren würde, falls ich dich jemals küssen würde, Christopher. Vielleicht würdest du einfach sterben.«

Sie hatten die Stadt erreicht und schlängelten sich durch die vielen Autos, die bei der Schule ankamen, staubige Pick-ups, Jeeps, Broncos und die schnittigen ausländischen Marken der Kids aus Kalifornien.

Christopher fand einen Parkplatz und fuhr hinein. Er drehte den Zündschlüssel um. Er starrte angestrengt auf das Lenkrad und nahm allen Mut zusammen, um zu sagen, was ihm mit der Geschwindigkeit eines gehandikapten Faultiers eingefallen war und sich nun noch langsamer bis zu seinem Mund durchkämpfte.

»Kann sein, dass ich sterben würde, davon …«, sagte er. »Aber ich würde glücklich sterben.«

Da. Er hatte es getan. Er hatte es gesagt.

Zu blöd nur, dass Rox bereits aus dem Wagen gesprungen und fast schon im Schulgebäude war, weil sie es aufgegeben hatte, auf eine Antwort zu warten.

Kapitel 3

Erster Schultag, dachte Rox niedergeschlagen. Sie stoppte hinter der großen zweigeteilten Tür und starrte den Flur hinab. Graue Schließfächer, schmuddelige hellblaue Backsteinwände, grelles unnatürlich fluoreszierendes Licht. Ein Geruch, der sich aus Lysol, Kreide, schimmligen Büchern, mexikanischem Essen aus der Cafeteria und ungewaschenen Sportsachen zusammensetzte. Der Wirrwarr zu vieler Stimmen – Schreie, übertrieben begeistert klingendes Geschrei, gebrüllte Hallos und Gelächter.

Irgendjemand hatte eine Fahne quer über den Platz gehängt, an dem sich die beiden Gänge kreuzten. »Ein herzliches Willkommen an alle wiederkehrenden Schüler«, stand darauf.

Herzlich willkommen in der Hölle.

Okay, nicht Hölle, korrigierte sie sich. Highschool eben.

Das angenehme, beinahe prickelnde Gefühl, das bis eben von ihrer Fahrt mit Christopher noch da gewesen war, begann zu verblassen.

Wenigstens war sie nun in der obersten Klasse. Das war gut. Nun war zumindest ein Ende in Sicht.

Sie wurde von zwei Cheerleadern angerempelt, die den überfüllten Gang entlanghetzten.

»Hey«, protestierte sie.

Eine der beiden, ein Mädchen, das Julia Ardmore hieß, hielt gerade lange genug, um ihr einen verächtlichen Blick zuzuwerfen, der von gekräuselten Lippen und einem geringschätzigen Schnaufen begleitet wurde.

»Ja, toll dich wieder zu sehen«, brüllte Rox ihr nach.

Die Cheerleader waren eine Hochburg der »Einheimischen«, der echten Bewohner Montanas, wie sie sich selbst nannten. Die Cheerleader, das Football- und das Basketballteam, die Pfadfinder, die Bibelgruppe, die verschiedenen Klubs, die sich mit Rodeo beschäftigten, und, aus unerfindlichen Gründen, der Schachklub. Das alles waren Klubs, denen nur Einheimische angehörten. Neu Hergezogene wie Rox hatten da keine Chance.

Die Einheimischen konnte man leicht aus dem Haufen herausfinden – T-Shirts vom Footballteam der Schule, schlecht geschnittene Haare, Caterpillar-Mützen, Karohemden mit perlmuttfarbenen Knöpfen, Wrangler-Jeans – alles nicht teuer, aber sauber und sorgfältig gebügelt.

Es gab keine Klubs für die Neuen – die »Hollywoodspinner«, wie die Einheimischen sie getauft hatten. Aber auch sie waren in der umherziehenden Meute Schüler leicht auszumachen – professionelle Haarschnitte, teure, auf alt getrimmte Klamotten ohne eine Falte, schwarzsilberne Raiders-Shirts, Levi's- und J. Crew-Jeans, teure Armbanduhren und jede Menge Piercing.

Leute wie Rox machten sicher nicht mehr als fünfzehn Prozent der Schüler aus, vielleicht dreißig oder vierzig Kids insgesamt, und die meisten waren gar nicht aus Hollywood, nicht einmal aus Kalifornien. Die meisten von ihnen kamen aus Familien, die nach Longhorn gezogen waren, um für die Stars aus Hollywood und die Touristen, die ihnen gefolgt waren, zu arbeiten. Sie waren die Kinder von den Leuten, die Cappuccino und Biscotti in den neuen Cafés, Pizza mit Ente und Trüffelrisotto in den neuen In-Restaurants und Dreihundert-Dollar-Schuhe und Fünfhundert-Dollar-Pullis in den neuen Boutiquen an der Hauptstraße verkauften.

Und alle wurden in einen Topf geworfen. Wenn man die Einheimischen fragte, waren das alles Feinde. Rox Maslow hatte versucht, nicht mit der Kalifornien-Clique in Verbindung gebracht zu werden. Aber ihr Vater war der Inbegriff der Hollywoodspinner-Invasion. Die Tatsache, dass ihr Vater mit einem Privatjet zwischen Montana und L.A. pendelte, mit Chauffeur in einem Landrover durch die Gegend fuhr und Jäger nicht auf sein Land ließ, hatte nicht gerade geholfen. Die Tatsache, dass ihre Eltern geschieden waren und dass ihre Mutter Schauspielerin und jetzt wieder mit einem Schauspieler lebte, der seinerseits schon viermal verheiratet gewesen war ... auch das hatte nicht unbedingt geholfen.

Rox hatte alles Mögliche versucht. Sie hatte nicht erzählt, dass sie Vegetarierin war. Vegetarier waren in einer Gegend, in der alle von der Viehzucht lebten, total unten durch. Sie hatte sich einfach und nicht exklusiv teuer angezogen. Sie hatte sich ein relativ billiges Auto zulegen lassen, anstatt eines BMWs, den die Kalifornier von ihr erwartet hatten. Sie brachte keine kleinen Flaschen mit französischem Mineralwasser in die Schule mit, wie ein paar andere Kids. Sie erzählte nicht mal, dass sie den Großteil der Sommerferien bei ihrer Mutter an einem Drehort in Thailand verbracht hatte. Und sie sprach auch nicht über ihren Vater, oder machte sich etwa wichtig, indem sie nebenbei die Namen der Stars fallen ließ, die oft zu Besuch auf ihre Ranch kamen.

Sie hatte sogar versucht, Garth Brooks Musik zu mögen. Sie mochte sie nicht, aber sie hatte es versucht.

Aber alle Anstrengungen hatten so hoffnungsvoll geendet, wie ihre beiden Anläufe, sich Christopher, dem Jungen von der Ranch nebenan, zu nähern – etwa so hoffnungsvoll wie der Versuch, mit Kühen zu reden.

»Rinder«, korrigierte sie sich streng. »Rinder, nicht Kühe.«

»Neeeeee, das sind keine Rindviecher. Das sind Menschen. Oder so ähnlich.«

Rox kehrte blitzartig aus ihren Träumen zurück und kniff die Augen zusammen. Es war Michael Serrano, der genau neben ihr stand und herauszufinden versuchte, wohin sie blickte.

»Okay«, sagte Michael vorsichtig, »ich geb ja zu, einige von ihnen *sehen* wie Rinder aus, viele von ihnen haben die intellektuellen Fähigkeiten von Rindern, aber du musst zugeben, dass Rinder auf allen vieren laufen und ihr Futter wiederkäuen, wohingegen diese Wesen gelernt haben, aufrecht zu gehen und Tabak zu kauen.«

Rox sah in kalt an. »Hau ab. Ich red immer noch nicht mit Klapperschlangen.«

Michael Serrano war der Einzige an der Schule, der nicht in die Kategorie der Einheimischen und auch nicht so richtig zu den Hollywoodspinnern gehörte. Michaels Familie war von New York City nach Montana gezogen.

Michael sah schockiert aus. Mit einer weiten Bewegung hatte er ausgeholt und seine Hand auf sein Herz gelegt. »Oh, du fügst mir Wunden zu, Rox. Ein neues Schuljahr hat begonnen. Ich kann gar nicht glauben, dass du immer noch mit albernem Widerwillen und kleinlichem Groll belastet bist.«

Rox verzog die Lippen. »Hau ab, Serrano. Gar nichts hat sich geändert. Du bist immer noch jemand, der an einem hängt wie Dreck an den Schuhen.«

Er lachte, ein echtes, amüsiertes Lachen. »Das ist gut – ›jemand, der an einem hängt wie Dreck an den Schuhen.‹ Macht es dir was aus, wenn ich das bei Gelegenheit verwende?«

Rox starrte ihn an. Ihre Beleidigung hatte null Wirkung. Michael war immun gegen Beleidigungen. Es kam ihr idiotisch vor, dass sie ihn mal attraktiv gefunden hatte, sogar einmal mit ihm ausgegangen war. Ja, nach außen hin sah er toll aus – die kühlen grünen Augen, das fantastische dunkle Haar, das er nach hinten gekämmt hatte, das brillante Zahnpastalächeln. Er hatte sogar eine gute Figur. Er war nicht Christopher, aber um fair zu bleiben, er war ein attraktiver Junge.

Bis man ihn näher kennen lernte.

»Weißt du, das stimmt«, sagte Rox. »Es ist ein ganz neues Schuljahr. Wir sollten es gleich richtig anfangen. Wir wollen gleich am Anfang ausmachen, dass du nicht mehr mit mir reden wirst.«

Sie drehte sich um und wollte weglaufen.

»Ich verstehe«, sagte er. »Nein, wirklich. Dein Geschmack, was Typen betrifft, geht mehr in Richtung dümmlich blonde Cowboys, die dich mit Ma'am anreden.«

Rox wusste, dass sie einfach weitergehen sollte, aber sie drehte sich um. »Was willst du damit sagen?«

»Ach komm, als ob ich nicht wüsste, dass du hinter Christopher MacAvoy her bist? Als ob ich nicht gemerkt hätte, dass er dich heute hergefahren hat? Als ob ich das kleine triumphierende Grinsen auf deinem Gesicht nicht gesehen hätte, als du aus seinem Truck rausgehüpft bist und den armen dummen Bauern rot und völllig niedergemetzelt zurückgelassen hast?« Er trat näher. »Was hast du gemacht? Wie hast du es fertig gebracht, dass er dich zur Schule gefahren hat? Die alte Mein-Auto-hat-eine-Panne-Masche rausgezogen?«

Rox wurde blass und Michael grinste übers ganze Gesicht, weil er wusste, dass er richtig geraten hatte.

»Du bist ein elender Bastard, Serrano«, zischte Rox giftig. »Du verstehst das überhaupt nicht«.

»Ach nein?«, sagte er mit einer Stimme, die klang, als ob er Schmierseife gegessen hätte. »Und warum genau hasst du mich eigentlich so sehr? Lass mich nachdenken, vielleicht fällt's mir ein. War es vielleicht eine Episode mit einem leeren Benzintank?«

»Ein leerer Benzintank auf einer gottverlassenen Seitenstraße, kilometerweit entfernt von der nächsten Tankstelle, aber nur ein paar Meter von einer Hütte. Einer leer stehenden Hütte, die *rein zufällig* ein Doppelbett hatte und wo irgendjemand – wer könnte das wohl gewesen sein – *rein zufällig* eine Flasche gekühlten Sekt dagelassen hatte und wo das einzige Licht, das es gab, *rein zufällig* ein paar Kerzen waren.«

»Ich gebe ja zu, dass es nicht gerade genial war«, erwiderte Michael. »Aber da war ich noch jung und dumm. Jetzt bin ich ein neuer Mensch. Ich bin im letzten Jahr nnerlich gewachsen.«

»Gewachsen? Du hast nur eine Haut gegen die andere eingetauscht«, schoss Rox zurück.

»Du kannst es so lange abstreiten, wie du willst, Rox Maslow«, sagte er. »Aber du und ich, wir gehören zusammen. Glaubst du wirklich, dass du bei Christopher MacAvoy landen wirst? Er ist das ultimative Beispiel für einen Einheimischen. Der Typ reitet Rodeos. Er geht in die Kirche. Mit seiner Mutter. Er arbeitet. Mit seinen *Händen*. Wohingegen du ...« Er schüttelte den Kopf und grinste. »Lass sehen. Wie viel Geld hat dein Vater? Ist es ... mehr als alle Leute von hier zusammen? Beinah. Ich hab's irgendwann mal mit dem Taschenrechner ausgerechnet.«

»Nicht alle sind so hinterm Geld her wie du, Serrano.«

»Ach. Du und Cowboy Chris, hm? Was glaubst du was das hier ist: Romeo und Julia? Im richtigen Leben kommen die Montagues und die Capulets nicht zusammen. Im richtigen Leben stellt sich heraus, dass Romeo nur ein bisschen was von dem Geld der Maslows will, wie jeder andere auch. Du wirst es sehen.«

»Christopher ist nicht so drauf«, meinte Rox hitzig. »Ich erwarte auch gar nicht von dir, dass du das verstehst, aber er ist ein anständiger, geradliniger, guter Typ, auf eine Art, wie du es nie sein wirst. Anständig. Kennst du das Wort überhaupt? Er ist ein anständiger Kerl.«

»Das ist bloß seine Rolle«, sagte Michael.

»Ach ja? Wenn er doch so hinter dem Geld von meinem Vater her ist, warum fragt er mich dann nicht, ob ich mal mit ihm weggehen möchte, obwohl ich mich praktisch auf ihn geworfen hab?«

Im selben Augenblick wusste Rox, dass sie das besser nicht gesagt hätte. Sie konnte es an dem Glitzern in Michaels Augen erkennen.

»Hört, hört«, meinte er. »Was man nicht alles erfahren kann, gleich am ersten Schultag.«

»Weißt du, Rox«, sagte er, während er sich zum Gehen wandte, »du hättest deine Strafe weg, wenn du es wirklich schaffen solltest, mit Christopher MacAvoy was anzufangen. Ich sag dir, die Realität hält niemals mit der Fantasie mit und kein Einziger – ich sage *kein Einziger* – ist so super und anständig, wie du es gerne hättest.«

Christopher beobachtete, wie grüne Bohnen auf seinem Teller aufgetürmt wurden und sagte: »Danke, Ma'am« zu der Grüne-Bohnen-Dame. Dann beobachtete er, wie das wabbelige Hacksteak mehr oder weniger mitten auf seinem Kartoffelbrei landete und sagte: »Danke, Ma'am« zu der Dame aus der Cafeteria, die das vollbracht hatte. Er sagte noch mal danke, als ihm sein Tablett gegeben wurde.

Er spürte wie ihn jemand anstarrte. Er drehte sich langsam um. Der Typ, der hinter ihm in der Schlange stand, ihn anstarrte und fassungslos den Kopf schüttelte, war jemand, den Christopher nur vom Sehen her kannte.

»Du bist sehr höflich, oder?«, fragte Michael ihn.

Christopher zuckte mit den Schultern. »Hab ich mir noch nie so genau überlegt«, sagte er. Er nickte, wandte sich ab und ging in der Schlange weiter.

»Wir haben uns noch nicht so richtig kennen gelernt, oder?«, fragte Michael. »Außer der Tatsache, dass wir wissen, wie wir heißen.« Er streckte seine Hand aus. »Wird Zeit, dass sich das ändert.«

Christopher zögerte kurz, bevor er Michaels Hand schüttelte. Sein Dad hatte immer gesagt, dass man eine Menge aus dem Händedruck eines Menschen schließen konnte. Michaels Händedruck war erstaunlich kräftig. Seine Handflächen waren zwar weich, wie bei den meisten Hergezogenen, aber es war kein labbriger Händedruck, der sich anfühlte wie ein toter Fisch.

»Nett, dich kennen zu lernen«, sagte Christopher. Und da er weiter eigentlich nichts zu sagen hatte, war er schon wieder dabei, sich wegzudrehen.

»Ich glaub, wir haben eine gemeinsame Bekannte«, sagte Michael.

Christopher bekam seine Tüte Milch und bezahlte für eine zusätzliche. »Kann sein.«

»Ich dachte an Rox Maslow«, sagte Michael.

Christopher spürte, wie sein Herz aussetzte. Und dann setzten – als wenn es eine Verbindung zwischen Herz und Extremitäten gäbe – seine Füße aus. Und da er das Tablett mit beiden Händen hielt, knallte er beinahe der Länge nach hin. Aber Michaels Hand schoss vor, schnappte seinen Ellbogen und zog ihn wieder in die Senkrechte.

»Danke«, meinte Christopher. Er lachte und kam sich ein bisschen blöd vor.

»Ich kann schon verstehen, warum Rox eine solche Wirkung auf dich ausübt«, meinte Michael grinsend. »Sie ist einfach klasse, eine Superfrau.«

»Kann schon sein«, stimmte Christopher zu.

»Sie und ich, wir waren mal zusammen«, sagte Michael. »Aber vermutlich waren wir uns einfach zu ähnlich, um miteinander klarzukommmen. Sie ist die Sorte Mädchen, das Typen mag, die ein bisschen anders drauf sind. Das Kontrastprogramm, wenn du weißt, was ich meine.«

Christopher stellte sein Tablett auf einen der Tische und setzte sich hin. Michael setzte sich ihm gegenüber. Das war so was, was einigen Leute sofort unangenehm auffallen würde. Nicht dass Christopher sich irgendwas draus machte, was die Leute von ihm dachten. Er konnte wie die meisten die Hollywoodspinner nicht leiden, aber er hatte sich immer dagegen gewehrt zu glauben, dass sie alle irgendwo blöd waren. Vor allem Rox. Und wenn sie aus Kalifornien kam und trotzdem so traumhaft war, warum dann Michael nicht auch?

Klar, er war eigentlich aus New York … trotzdem, nur ein Idiot würde einen Typen verurteilen, bevor er ihn richtig kennen gelernt hatte.

Christopher nickte einen freundlichen Gruß in Julia Ardmores Richtung, die sich am Tisch nebenan niedergelassen hatte, genau hinter Michael. Christopher war eine Weile lang mit Julia zusammen gewesen, aber sein Interesse an ihr, das nie sehr groß gewesen war, hatte sich mit Rox' Eintreffen in Luft aufgelöst. Und bei Licht besehen schien auch Julia nie sehr von ihm angetan gewesen zu sein.

Da Michael nicht mehr die Absicht zu haben schien, sich weiter zu dem Thema Rox Maslow zu äußern, meinte Christopher: »Na ja, sie scheint ja ganz nett zu sein.«

»Wer?«, fragte Michael und zog seine Augenbrauen fragend hoch.

»Rox Maslow«, sagte Christopher.

»Oh, richtig. Ich hab ganz vergessen, dass wir gerade über Rox geredet haben. Ja, ist sie. Freundlich, lieb, klug ... sexy«. Er zuckte mit den Schultern. »Aber wie ich gesagt hab, es hat nicht hingehauen, mit uns beiden.«

Christopher nickte und versuchte sein Verlangen zu bezähmen, Einzelheiten aus Michael herauszuquetschen. Es war nicht ganz richtig, mit irgendeinem Typen, den er kaum kannte, über Rox zu reden. Das war hart an der Grenze zum Klatsch. Aber Infos über Rox zu kriegen, das war was ganz anderes. Schon, dass er ihren Namen laut aussprechen konnte, war was ganz Besonderes für ihn.

»Yeah?«, sagte Christopher schließlich, als klar war, dass Michael wieder das Interesse verloren hatte.

»Mhmh«, äußerte Michael, kaute dabei auf einem Bissen seines Hacksteaks herum und sah aus, als würde ihm gleich schlecht werden. »Ja, sie ist einsame Spitze. Aber die Sache ist die, genau gesehen, ich bin nicht gerade, das was man einen Typen aus Montana nennt.«

Christopher grinste und sah auf seinen Teller, so als wollte er seinen neuen Kumpel nicht beleidigen.

»Das ist okay«, sagte Michael mit einem bescheidenen Lachen. »Ich weiß, dass ich kein Cowboy bin. Ich komm aus New York und bin da aufgewachsen. U-Bahnen und Wolkenkratzer, dreckige Luft und dreckige Straßen, Verbrechen … Jeden Tag musste ich auf dem Schulweg über irgendeinen Typen steigen, der erstochen oder erschossen worden war. Einfach die Hölle. Gott sei Dank bin ich jetzt weg.« Er schauderte. »Aber trotzdem, Rox … sie ist total in Montana verliebt. Der weite Himmel, die Berge, die Bäche zum Fischen, die Leute … vor allem die Leute. Sie hat ständig darüber geredet, wie anders die Leute hier sind. Ehrlich und anständig und geradeheraus. Harte Arbeiter und so. Das hat ihr ziemlich gefallen. Dagegen bin ich eben nur ein müder Großstadttyp.««

Christopher hörte begierig zu. Klar, dieser Michael Serrano übertrieb ziemlich – das Zeug mit den Leichen auf den Straßen – aber er spürte, dass eine Prise Wahrheit dabei war, genauso wie bei dem, was er über Rox gesagt hatte, dass sie Montana liebte. Oder vielleicht machte er sich auch nur was vor. Vielleicht glaubte er auch nur, was er so furchtbar gerne glauben wollte.

Sie sollte dir keinen Strick draus drehen, dass du aus New York City kommst«, meinte Christopher großzügig. »Ich wette, du arbeitest genauso hart und bist genauso ehrlich und … der ganze andere Kram. Ich denke mir, dass die Leute überall so ziemlich gleich sind.«

»Total«, sagte Michael. »Greenwich Village, Longhorn,

Montana, alles dasselbe. Aber wieso die ganzen Fragen über Rox?« Er zwinkerte. »Sie gefällt dir, hm?«

Christopher war überrumpelt. »Ich hab erst zweimal mit ihr geredet.«

»Na ja, sie ist natürlich jemand, der sich gerne unterhält. So wie wir das gerade hier machen. Das war das eine, das wir gemeinsam hatten – wir haben beide gerne geredet. Sie kann die ganze Nacht aufbleiben und sich darüber verbreiten, was sie mal machen will, oder wie die Welt so ist oder manchmal bloß, um irgendein Gedicht vorzulesen und darüber zu sprechen. Reden, reden, reden.« Ein gerissener Ausdruck lag plötzlich auf seinem Gesicht und klickte genauso schnell wieder weg. »Hast du sie schon mal gefragt, ob sie Lust hat, mit dir wegzugehen?«

Christopher seufzte ... »Ich weiß nicht so recht.«

»Warum nicht. Ich könnte mir vorstellen, dass sie auf einen Typen wie dich echt steht. Du Glückspilz.«

Christopher sah sich um, ob irgendjemand zuhörte. »Das ist so, ich bin nämlich nicht so toll, ich meine im Reden.«

»Was meinst du damit? Du redest doch mit mir, oder?«

»Das ist was anderes. Weißt du ... du bist ein Junge. Ich kann mit anderen Jungs immer reden. Ich kann auch mit ein paar von den Mädchen sprechen, mit denen ich zusammen aufgewachsen bin. Meistens, jedenfalls. Aber immer, wenn ich auch nur dran denke, Rox anzusprechen ... zieht alles aus meinem Kopf einfach ab und mein Mund funktioniert nicht mehr und es läuft darauf hinaus, dass ich dastehe wie ein Idiot.«

»Hmmm. Junge, das ist ein Problem«, meinte Michael und nickte nachdenklich. »Keine Frage, mit ein bisschen Übung könntest du's mit der Zeit lernen …«

»Du kannst nicht üben, wenn du keinen Schimmer hast, wie das gehen soll«, sagte Christopher und lachte bekümmert.

»Stimmt«, pflichtete Michael bei. Und dann trat dieser gerissene Ausdruck wieder in sein Gesicht. Einen Augenblick lang leuchteten seine grünen Augen, als ob er eine Offenbarung gehabt hätte. »Weißt du was«, sagte er, »vielleicht brauchst du ein bisschen Nachhilfe. Nachhilfe in der hohen Kunst der Konversation.« Er grinste. »Einen Liebes-Nachhilfelehrer, könnte man in diesem Fall sagen.«

Christopher zuckte mit den Schultern. »Und wo findet man den Nachhilfelehrer für solche Angelegenheiten?«

Kapitel 4

»Nun, wie ihr wisst, ist das Praxisprogramm ein Kurs, den ihr anrechnen lassen könnt, und bei dem ihr eure akademischen Studien mit einer Möglichkeit, Geld zu verdienen, vereinen könnt«, sagte Mrs Lyme, die Lehrerin. »Die Teilnahme ist jedoch nicht verpflichtend. Einige von euch brauchen die angerechneten Punkte nicht. Und einige von euch brauchen das Geld nicht.«

Die Lehrerin hatte diese Bemerkung nicht vornehmlich an Rox gerichtet, oder auch nur zu ihr hingesehen. Aber einige der Schüler in der Klasse taten es.

»Auf alle Fälle gibt es eine Liste, hier an der Wand aufgehängt, mit den Einrichtungen, die freie Plätze haben.«

Rox sah, wie Michael Serranos Hand hochschoss. »Ich hoffe, ein paar von den Superjobs sind frei, bei denen man Kenntnisse für die Herstellung von Eiskugeln erwerben kann; ich brauch das, wenn ich auf dem globalen Markt von morgen wettbewerbsfähig sein will.«

»Im Übrigen sind die meisten Jobs Angebote von A.T.C, der Telefongesellschaft«, sagte Mrs Lyme. »Sie betreuen 800er Nummern, für Leute wie die Kabel-Shopping-Station im Fernsehen. Eine Möglichkeit, Geld zu verdienen, indem man nur den Mund aufmacht. Wäre ja genau das Richtige für dich, Michael.«

Sie erntete mit ihrer Bemerkung Gelächter bei der Klasse, Rox eingeschlossen.

Jemand tippte Rox auf die Schulter. Ein Stück gefaltetes Notizpapier tauchte bei ihr auf. Rox langte unauffällig nach hinten, um es in Empfang zu nehmen. Sie faltete es auf und las die Nachricht. *Ich hab gesehen, dass du heute Morgen in C.s Truck gesessen hast. Was ist passiert? D.*

Darby Todd. Sie saß zwei Reihen weiter hinten.

Während die Lehrerin weiterschwafelte, riss Rox ein Blatt aus ihrem Ordner. *Mein Auto hatte einen Platten. Er hat mich zur Schule gefahren, das ist alles. R.*

Eine Minute später kam die Antwort von Darby.

Ja, klaro. Ich will genaue Einzelheiten, Alte! D.

Aber es klingelte, bevor Rox entscheiden konnte, welche Einzelheiten sie rausrücken sollte. Sie traf sich mit Darby im Gang.

Darbys Eltern verwalteten die Pecos Pete Ranch für Rox' Vater. Sie tolerierten seine merkwürdigen Ideen und verhinderten, dass der Laden in völliger Anarchie versank. Sie lebten in einem vom Haupthaus weit entfernten Winkel der Ranch.

Zuerst hatten Rox und Darby nicht so recht gewusst, wie sie miteinander umgehen sollten. Schließlich arbeitete Darbys Vater für Rox' Vater, und Darby war fest entschlossen gewesen, sich von Rox nicht wie eine Angestellte behandeln zu lassen – sie nahm an, dass sie eine weitere von den hochnäsigen Hollywood-Tussis mit zu viel Geld und zu wenig Verstand war.

Aber keiner der Darbys wurde jemals wie ein Angestellter behandelt. Tatsache war, dass die Todds, nach der Episode mit den erfrorenen Straußenvögeln, mehr oder weniger die Farm leiteten und Craig Maslow wie einen leicht verrückten Verwandten behandelten – jemand, zu dem man nett sein, aber dem man nicht allzu viel Beachtung schenken musste.

Darby und Rox hatten sich dann auch fast von Anfang an super verstanden. Rox hatte Darby gebeten, ihr beim Aussuchen von Drifter zu helfen und ihr das Reiten beizubringen. Darby hatte Rox gebeten, sie einzuladen, damit sie Ethan Hawke kennen lernen konnte, als der für einen Tag zu Besuch auf die Ranch kam, um was mit Rox' Vater zu besprechen. Rox war vollkommen glücklich mit Drifter und Darby hatte Ethan Hawke die Hand geschüttelt und die Freundschaft zwischen den Mädchen war von nun an fest etabliert.

»Okay, schnell«, meinte Darby. »Ich hab Geschichte als Nächstes und der alte Schwegel flippt aus, wenn man auch nur acht Sekunden zu spät ist. Was ist passiert – mit dir und Christopher?«

»Ich hatte einen Platten, also hat er mich mitgenommen.«

»Und ...?«

»Und nicht sehr viel«, gab Rox zu.

»Lass mich raten. Er hat dauernd ›mh‹ und ›ähm‹ und ›ja, Ma'am‹ gesagt«, meinte Darby.

»Und das Schlucken. Vergiss das nervöse Schlucken nicht«, sagte Rox aufgebracht.

Darby seufzte. »Das muss noch lange nicht heißen, dass er dich nicht mag. Hast du gesehen, dass er mit Michael geredet hat, beim Mittagessen?«

»Mit wem?«

Rox brüllte förmlich. Sie grabschte nach Darbys Arm. »Serrano? Christopher hat beim Mittagessen mit Michael Serrano geredet?«

»Was ist da so schlimm dran?« Darby schüttelte sich von Rox' Griff frei. »Ich hab mir gedacht, dass er mit Michael geredet hat, weil er meint, dass Michael dich kennt. Du weißt schon. Christopher hat wahrscheinlich versucht, über Michael herauszufinden, ob du ihn magst.«

»Ich will nicht, dass Christopher von Michael was über mich erfährt. Michael ist absolut kein Experte, was mich angeht. Michael ist ein Experte darin, kleine Teufel aus der glühenden Hölle herbeizurufen und seine vertrocknete Krämerseele an sie zu verkaufen«, sagte Rox.

»Ich find ihn irgendwie süß«, meinte Darby und provozierte Rox mit voller Absicht.

»Christopher und Michael verbringen zusammen die Mittagspause.« Rox schüttelte den Kopf. »Das ist wie wenn Gandhi und Hitler zusammen rumhängen. Gut und Böse vereint über einem Hacksteak.« Sie schüttelte sich. Rox hatte guten Grund, sich Sorgen zu machen, wenn Christopher mit Michael redete. Michael hatte erraten, was wirklich mit dem »platten« Reifen los war.

»Komm, bleib cool, Christopher ist ein bisschen schüchtern. Er hat bestimmt bloß Infos aus Michael rausgelockt.«

Genau das macht mir Sorgen, dachte Rox.

»Vielleicht solltest du so was Ähnliches versuchen«, schlug Darby vor.

»Wie, was Ähnliches?«

»Na ja, ein bisschen Insider-Infos sammeln, von jemandem, der Christopher kennt.«

»*Du* kennst Christopher, und alles was du mir sagen kannst, ist, dass er schüchtern ist, und das hab ich wohl ganz alleine rausgefunden.«

»Yeah, aber was ist mit ein paar Mädchen, mit denen er weggegangen ist?«

Rox zog augenblicklich die Bremse. »Er ist mit ihnen weggegangen?«

Darby zog eine Grimasse. »Natürlich. Er ist doch kein Mönch. Er ist mal so beinahe mit Tricia gegangen, in der Zehnten. Und letzten Sommer – genau bevor du hierher gekommen bist – ist er mit Julia gegangen. Du kennst Julia doch, oder? Echt dünn, sieht total süß aus, lange rotbraune Haare?«

»Klar kenn ich Julia«, knurrte Rox. »Als ich mich für die Schülermitverantwortung beworben hab, war sie diejenige, die dafür gesorgt hat, dass auf dem Wahlzettel ›Rott Maslow‹ stand. Sag nicht, dass sie's nicht war. Sie war's, das weiß ich.«

»Also, lassen wir deine krankhaften paranoiden Visionen jetzt mal beiseite … Julia und Christopher waren eine Weile zusammen. Vielleicht solltest du mal versuchen, von ihr ein paar tiefere Einsichten zu kriegen.«

Rox lachte. »Ja, klar doch. Julia Ardmore. Das wäre echt perfekt. Ich soll zu einem Mädchen gehen, das mich hasst, damit ich die Infos kriege, wie ich mit einem Typen zusammenkomme, mit dem sie Schluss gemacht hat, der seinerseits, so wie's aussieht, Infos über mich bei dem Typen holt, den ich hasse.«

Darby lachte. »Dein letztes Schuljahr fängt wohl mit einem Blitzstart an, was?«

»Rox, mir ist klar, dass wir uns noch nicht lange kennen und dennoch habe ich das Gefühl, dass wir vom Schicksal dazu bestimmt worden sind, uns viel besser kennen zu lernen. Vielleicht bin ich ja nur hoffnungslos romantisch, aber Pünktchen, Pünktchen, Pünktchen, nun ja, was ich sagen möchte, würdest du mir die Freude machen, mit mir zu dem Ball am Freitag zu gehen?« Christopher atmete mit einem Stoß aus. »Da, ich hab's geschafft.«

Christopher stand auf dem sich schnell leerenden Schulparkplatz gegen den Kühler seines Pick-ups gelehnt. Michael saß im Schneidersitz auf der Kühlerhaube irgendeines Autos daneben und sah aus wie ein Buddha.

Es gab ein bisschen Schatten auf dem Parkplatz – riesige alte Weiden, noch von damals, von 1889, als die Schule errichtet worden war. Das Schulgebäude hat zwei Stockwerke, ist aus Backsteinen und Steinblöcken gebaut und sieht ziemlich beeindruckend aus, wenn man nicht lange genug hinsieht, um zu bemerken, wie klein es ist. Auf der einen Seite des Gebäudes ist der Sportplatz, das Footballteam lief gerade seine Runden zum Warmmachen vor dem Training. Die Cheerleader hielten Proben ab, um die Mädchen zu ersetzen, die im letzten Jahr mit der Schule fertig geworden waren.

Michael starrte Christopher halb mitleidig, halb amüsiert an und schüttelte den Kopf. »Christopher, das ist es noch nicht.«

»Was ist los?«

»›Pünktchen, Pünktchen, Pünktchen‹? Was heißt ›Pünktchen, Pünktchen, Pünktchen‹?«

»Ich sollte das doch sagen«, meinte Christopher.

»Aber doch nicht so. Ich hab das als Ellipse gemeint. Du weißt doch, die drei Punkte am Ende eines Satzes? Damit es sich so anhört, als ob du den Satz in der Luft hängen lässt. Das hab ich gemeint. ›Vielleicht bin ich ja nur hoffnungslos romantisch, aber‹, Pause, Ellipse, lass es eine Sekunde im Raum stehen.«

»Warum?«

»Weil es nichts gibt, das du an dem Punkt sagen kannst. Du möchtest nur was *andeuten*. Also, was kannst du schon sagen nach ›Vielleicht bin ich ja nur hoffnungslos romantisch, aber‹? ›Vielleicht bin ich ja nur hoffnungslos romantisch, aber ich kann mir eine Zukunft für uns beide vorstellen, in einem großen Wohnwagen, der direkt neben dem Haus meiner Mutter steht, voller schreiender Gören und mit einem Sack voll unbezahlter Rechnungen, denn dein Dad hat vor lauter Schreck sämtliche Verbindungen zu uns abgebrochen, weil du einen nichtsnutzigen Cowboy geheiratet hast‹?«

Christopher sah sich Michael genau an. Klar, Michael verulkte ihn. Daran gab es im Moment keinen Zweifel. Es war einfach nur Hänselei. Anders gesagt, es war ihm zu raten, dass es einfach nur Hänselei war.

Michael lächelte und zwinkerte ihm zu, um zu zeigen, dass es wirklich nur ein Joke sein sollte.

Christopher nickte zurückhaltend und entspannte sich wieder. Manche von diesen Stadtmenschen hatten eine andere Art die Dinge auszudrücken, viel direkter, als man es hier in der Gegend für höflich halten würde. Aber das musste ja nicht heißen, dass es böse gemeint war. Er würde im Zweifel zu Michaels Gunsten entscheiden – zumindest jetzt.

»Versuch's noch mal«, forderte ihn Michael auf.

Christopher brachte sich in Pose. »Rox«, verkündete er ins Nichts, »mir ist klar, dass wir uns noch nicht lange kennen und dennoch hab ich das Gefühl, dass wir vom Schicksal dazu bestimmt worden sind, uns viel besser kennen zu lernen. Vielleicht bin ich ja nur hoffnungslos romantisch, aber … nun ja, was ich sagen möchte, würdest du mir die Freude machen, mit mir zu dem Ball am Freitag zu gehen?«

»Perfekt. Siehst du? Es ist ganz einfach. Gar nichts dabei. Du musst nur ein bisschen an deinem Selbstbewusstsein arbeiten«, sagte Michael beschwichtigend. »Das ist alles: Selbstbewusstsein!«

Christopher schüttelte den Kopf. »Es ist viel leichter mit dir, als es mit Rox sein wird«, sagte er. »Ich meine, ich sehe dich ja nicht an dabei und denke nicht, dass ich wirklich gerne –«

»Besser nicht«, unterbrach Michael.

 »– deine Hand halten würde.«

Michaels Gesichtsausdruck war schon beinahe schmerzverzogen. »*Das* willst du mit Rox Maslow tun? Händchenhalten? Wow. Hat sie überhaupt Hände? Ich hab noch nie so weit zur Seite gesehen«, sagte er.

»Ich würde gerne ihre Hand halten, ja, das würde ich«, sagte Christopher verträumt. »Das wäre schön; ihre Hand halten und vielleicht eine Weile den Mond ansehen.«

»Weißt du, es ist einfacher und schneller, die Runde zu gewinnen, wenn du am Start anfängst, und nicht bei den Umkleideräumen«, erläuterte Michael und unterstützte seine Worte mit einem Zucken seiner Augenbrauen.

»Die Runde gewinnen?« Christopher spürte, wie ihm das Blut in den Kopf stieg. »Ich find's wirklich klasse, dass du mir helfen willst, Michael«, sagte er mit gefährlich tiefer Stimme. »Aber kein solches Gerede über Rox. Sie ist eine Lady. Und sie wird wie eine Lady behandelt werden.«

»Ja, sie ist eine Lady«, stimmte Michael schnell zu. »Tut mir Leid, ich wollte sie nicht beleidigen.«

»Ist schon okay«, lenkte Christopher großmütig ein.

»Trotzdem, was ich meine, ist, dass du zu ihr nur sagen solltest, was wir gerade geübt haben, und ich bin sicher, sie wird mit dir zum Schulball gehen.«

Christopher massierte seinen Nacken. »Nur daran zu denken lässt mich schon ganz angespannt werden.« Er blickte sich um und auf einmal sah er sie. Sie war ein paar hundert Meter entfernt, kam gerade mit Darby Todd aus dem Haupttor der Schule.

Würde sie rüberkommen und ihn fragen, ob er sie wieder mit nach Hause nehmen konnte? Er hoffte es – inständig. Und er hoffte, dass sie es nicht tun würde – genauso inständig. Er war nicht im Geringsten so weit, dass er die ganze lange Autofahrt mit ihr allein sein konnte. Die kleine Rede, die er auswendig gelernt hatte, würde höchstens zehn Sekunden reichen. Vielleicht zwanzig, wenn er dauernd Mist baute.

Er spürte, wie ihn eine Welle der Hoffnungslosigkeit überkam, die noch mächtiger wurde, weil ihr sofort eine Welle der Sehnsucht folgte. Rox lachte mit Darby über irgendwas. Ihre Haut leuchtete rosig im Licht der schräg fallenden Sonnenstrahlen. Er konnte sie sich auf dem Ball vorstellen, in so einem Wahnsinnskleid, wie Mädchen es zu so 'nem Ball immer trugen – schwarz oder rot, vielleicht mit einem tiefen Ausschnitt, und wahrscheinlich ziemlich kurz und vielleicht sogar mit hochhackigen Schuhen. Sie war so elegant, so meilenweit über allem, was Christopher MacAvoy jemals erreichen konnte.

»Vielleicht sollte ich das Ganze einfach vergessen.«

Michael folgte seinem Blick. »Was soll das?«, sagte er. »Ich hätte nie gedacht, dass du ein Feigling bist.«

Christopher warf einen wütenden Blick auf Michael. Aber dann, so schnell, wie es gekommen war, verschwand die Wut auch wieder. »Alles klar«, sagte er. »Du versuchst mich zu provozieren, damit ich dranbleibe. Na, du hast Recht. Ich glaub nicht, dass ich ein Feigling bin.«

»Dann lass es uns noch einmal üben«, ermunterte Michael ihn.

»Also gut, noch einmal: Rox, mir ist klar, dass wir uns noch nicht lange kennen und dennoch hab ich das Gefühl, dass wir vom Schicksal dazu bestimmt wurden, uns viel besser kennen zu lernen. Vielleicht bin ich ja nur hoffnungslos romantisch, aber Pünktchen, Pünktchen, Pünktchen. Dong!«

»Hey, pass bloß auf«, kommentierte Michael trocken.

»Ich hab diese Punkte jetzt voll in meinem Kopf drin. Okay. Vielleicht bin ich einfach hoffnungslos – ich meine – vielleicht bin ich einfach hoffnungslos romantisch, aber ... na ja, was ich sagen wollte, würdest du mit mir am Freitag zu dem Ball gehen?«

»Perfekt«, meinte Michael.

»Ich bin dir echt dankbar, dass du mir hilfst«, sagte Christopher. »Wenn ich dir das je irgendwie zurückzahlen kann, du musst mir nur Bescheid geben.«

»Euch beide zusammen zu sehen, das wär's für mich«, sagte Michael und klopfte Christopher freundschaftlich auf die Schulter. »Ich hab das Gefühl, dass wir jetzt Freunde sind.«

»Sieht ganz so aus«, stimmte Christopher zu. Es schien ihm zwar ein wenig verfrüht, mit Worten wie »Freund« um sich zu werfen, aber Michael benahm sich auf jeden Fall wie ein Freund.

»Ich muss zugeben ... es ist ein bisschen öde, wenn man von Leuten wie dir in der Schule isoliert ist«, offenbarte Michael, mit einem winzigen Anflug eines emotionalen Zitterns in der Stimme.

Diese Rührseligkeit machte Christopher ein wenig unbehaglich. »Nun, es sieht nicht danach aus, als ob ich die Rede austesten könnte«, sagte er statt einer Antwort. »Zumindest nicht sofort.« Er zeigte auf einen weißen Range Rover, auf dem ein buntes Logo prangte – man konnte es nicht so recht einen Markennamen nennen, weil eine Comicfigur dabei war –, von der Pecos Pete Ranch. Der Range Rover hielt auf der Straße vor der Schule an. Rox gab Darby einen flinken Abschiedskuss auf die Wange und rannte zum Wagen. Dann, zu Christophers kompletter Begeisterung zögerte sie kurz beim Öffnen der Tür, drehte sich um, sah ihn, winkte ihm kurz zu und lächelte.

»Wink zurück, um Gottes willen!«, zischte Michael.

Christopher winkte mit Verspätung, aber bis dahin war Rox schon in dem Range Rover. Ob sie ihn gesehen hatte oder nicht, konnte er nicht ergründen.

»Romantik gehört tatsächlich nicht gerade zu deinen Grundkenntnissen, was Christopher?«, fragte Michael amüsiert und klang dabei ein ganz klein wenig entmutigt.

»Nein, ganz sicher nicht. Ich werd aber versuchen, diese eine Rede, die wir geübt haben, auszuprobieren. Vielleicht gibt mir das einen Schubs. Ich bin in deiner Schuld, ganz dick«, sagte er und sah Michael in die Augen. »Und ich zahle meine Schulden immer zurück. Aber …«

»Was aber?«

»Ich wär dir wirklich dankbar, wenn du Gott dabei aus dem Spiel lassen würdest.«

Michael warf die Hände in die Luft. »Um G… ich meine um Himm…«, er seufzte. »Das gibt's einfach nicht.«

»Danke«, sagte Christopher. Er klopfte mit einer Hand auf Michaels Schulter. »Wahrscheinlich findest du es albern, dass mich so was stört.«

»Nein nein«, sagte Michael schnell. »Andere Länder, andere Sitten.« Dann lachte er: ein kurzer, ungekünstelt bitter klingender Laut. »Weißt du, dass es etwa dreitausend Kilometer nach New York sind«, meinte er nachdenklich. »Manchmal denke ich, ich sollte einfach loslaufen.«

»Ist gar nicht nötig«, sagte Christopher unbewegt. »Es gibt hier sicher jede Menge Leute, die liebend gerne was zu deiner Busfahrt beisteuern würden. Ich aber nicht. Nicht mehr. Wenn du mich fragst, ich find dich okay.«

Kapitel 5

Rox' Zimmer bestand eigentlich aus zwei Räumen, wenn man ihr eigenes Bad nicht dazuzählte. Ihr großes Zimmer hatte eine Dachschräge, die vom Boden des Zimmers bis zur anderen Seite auf etwa vier Meter anstieg. Die Decke bestand aus dicht aneinander gereihten massiven Stämmen. Die Wände waren aus dicken knorrigen Kiefernholzbohlen, der Boden aus poliertem Zedernholz, auf dem jede Menge Teppiche lagen, die traditionelle Muster des Südwestens hatten. Der Raum war in demselben rustikalen Stil eingerichtet, wie das gesamte Haus, in dem Holz mehr oder weniger den Einrichtungsstil bestimmte. Holz und hohe Fenster, Holz und extravagante, gewundene Metallteile, die Skulpturen darstellen sollten, Holz und riesige Leinwandgemälde, von einigen hervorragenden Künstlern der letzten fünfzig Jahre gemalt, und noch mal Holz.

Rox hatte es geschafft, ihre eigenen Zimmer vor der hypermodernen Kunst zu bewahren, die ihr Vater dem Haus verordnet hatte. Aber gegen das Holz konnte sie nicht an. Was aber okay war, weil sie Holz mochte, obwohl es ein bisschen schwierig war, Poster aufzuhängen.

Neben ihrem großen Zimmer hatte sie ein Studierzimmer, in dem ihr Schreibtisch stand, dazu das Allerneueste, was der Computermarkt bot und eine gut ausgestattete Sammlung Nachschlagewerke, CDs und Videos. Auf dem Balkon des Studierzimmers war ein Stativ für ihr Teleskop installiert; in klaren Nächten ging sie manchmal hinaus und beobachtete den Himmel.

Im Bad gab es ebenfalls Holz, wieder Wände aus Balken, eine schräge Decke und weitere Fenster vom Boden bis unter das Dach. Selbst die Badewanne von Jacuzzi stand auf einer erhöhten Plattform aus behauenen Balken. Die Einrichtung war natürlich ganz modern, mit Stereolautsprechern in jedem Zimmer und Fernsehbildschirmen, die vor ihrem Bett, neben ihrem Schreibtisch und über der Jacuzziwanne angebracht waren. Das Haus besaß ein System, das es ermöglichte, mit einer Fernbedienung 150 verschiedene Filme (alle Filme, die Rox' Vater gedreht hatte, eingeschlossen), jederzeit abzurufen.

Rox hatte drei Telefone, eines in jedem Raum.

Doch keines klingelte, während sie auf ihrem gigantischen, kalifornischen Bett saß und zerstreut in einem *Mademoiselle*-Heft blätterte.

Christophers Zimmer war klein, mit ziemlich niedriger Decke und zwei quadratischen Fenstern, wovon eines auf den Vorplatz des Hauses hinausging und das andere den Blick auf einen dicken silbernen Propangastank freigab.

Die Wände waren weiß gestrichen und mit Rodeopostern dekoriert. Eines zeigte eine wunderschöne Aufnahme von einem riesigen Brahmabullen, der mit allen vieren in der Luft war, ein Cowboy hielt sich auf seinem Rücken, die Hand nach hinten geworfen, der Hut frei durch die Luft fliegend und ein hitziges Lächeln im Gesicht.

Auf dem winzigen Schreibtisch unter dem vorderen Fenster türmten sich Schulbücher und ein altertümlicher IBM-Kasten. Über der Stuhllehne hing wie gewöhnlich Christophers Hut. Es gab einen kleinen runden Nachttisch neben dem Bett, der gerade groß genug war, damit sein Radiowecker, die Schlüssel und eine Armbanduhr draufpassten.

Er saß auf seinem schmalen Bett, auf einem ausgebleichten Quilt, den seine Großmutter seinen Eltern zur Hochzeit genäht hatte. Er hatte das Telefon aus dem Hausgang mit nach oben gebracht. Neben ihm lag ein kleines Spiralbuch, an einer Stelle geöffnet, die einen einzigen Namen und eine einzige Nummer trug. Er starrte auf das Telefon und die Telefonnummer.

»Rox«, murmelte er leise vor sich hin, »mir ist klar, dass wir uns noch nicht lange kennen und dennoch habe ich das Gefühl, dass wir vom Schicksal dazu bestimmt wurden, uns viel besser kennen zu lernen. Vielleicht bin ich ja nur hoffnungslos romantisch, aber ... nun ja, was ich sagen möchte, würdest du mit mir zu dem Ball am Freitag gehen?«

Er griff nach dem Telefon und stoppte. Er wischte die Handflächen an seinen Jeans ab. Seine Hände waren verschwitzt. Sein Herz hämmerte wie ein Schlagzeuger, der zu viel Kaffee getrunken hat.

»Du *wirst* sie jetzt anrufen«, befahl er sich. Was für ein Feigling war das, der sich nicht mal traute, bei einem Mädchen anzurufen? Was war er für ein Mann, wenn er sich von einem Mädchen völlig in Panik bringen ließ? Kein Mann, war die Antwort. Er war überhaupt kein Mann, bevor er nicht diesen Anruf erledigt hatte.

Er sah zu dem Bild mit dem Cowboy auf dem Stier hinauf. Der Cowboy hieß Tuff Hedeman. Er hatte sich beim Rodeo das Rückgrat angebrochen. Und obwohl er alle Titel gewonnen hatte, die er gewinnen konnte, und niemandem mehr irgendwas beweisen musste, war er trotzdem zum Rodeo zurückgekehrt. Als er seine Beine wieder benutzen konnte. Ja, *das* war ein Mann. Der hatte nie vor irgendwas Angst gehabt, geschweige denn davor, ein Mädchen anzurufen.

Aber Tatsache war, dass Christopher lieber dem größten, wildesten Bullen, der je geboren worden war, gegenübergestanden hätte, als das hier jetzt hinter sich zu bringen. Ein Bulle konnte einen nur töten, und das kam selten vor. Meist hinterließ er ein paar ordentliche Schrammen oder er brach einem ein paar Rippen. Oder er versetzte einem einen kräftigen Stoß ins Hinterteil. Er rieb sich die Stelle, wo sein eigenes Hinterteil noch immer schmerzte.

»Rox«, murmelte er leise vor sich hin, »mir ist klar, dass wir uns noch nicht lange kennen und dennoch habe ich das Gefühl, dass wir vom Schicksal dazu bestimmt wurden, uns viel besser kennen zu lernen. Vielleicht bin ich ja nur hoffnungslos romantisch, aber Pünktchen, Pünktchen, Pünktchen ... *Nein!* Keine Pünktchen. Lass die Pünktchen. Vergiss die Pünktchen.«

In *Mademoiselle* war ein besonderer Artikel. Er hieß »Den ersten Schritt machen«. Er listete zehn Wege auf, wie ein Mädchen einen Jungen fragen kann, ob er mit ihr weggehen möchte. Zehn Wege und keiner von ihnen schlug das mutwillige Entlüften der eigenen Reifen vor, um den Typen dazu zu bringen, einen in die Schule zu fahren. Genau besehen war es ziemlich hinterhältig und das war Rox überhaupt nicht recht. Es war so eine schäbige, *kalifornische* Art und Weise, was zu erreichen. Es war eindeutig nicht die Art, wie die Dinge in Montana gehandhabt wurden.

Wie konnte sie hoffen, mit Christopher zusammenzukommen, wenn sie weiter diese hinterhältigen kalifornischen Tricks anwandte. Das war genau das Falsche. Was ihr so sehr an Christopher gefiel, war ja, dass er so offen und ehrlich und anständig war. Und hier saß sie und legte kleine Fallen für ihn aus.

Sie sollte ihn einfach anrufen. Das wäre wie man so was in Montana machte – geradeheraus, zielgerichtet, direkt.

Nur … war nicht schon die Vorstellung, dass ein Mädchen einen Typen anrief, eine ziemlich kalifornische Art, die Sache anzupacken? Würde er nicht total gefrustet sein, wenn sie ihn anrief?

Nicht so gefrustet, wie er sein würde, wenn er das mit dem Platten rausfand.

Wie hatte es Julia Ardmore überhaupt geschafft, mit Christopher wegzugehen? Zugegeben, sie kannte ihn schon ihr ganzes Leben, aber einer hatte den ersten Schritt machen müssen. Hatte Christopher sie einfach angerufen und sie gefragt? Und wenn ja, warum in aller Welt machte er es jetzt nicht?

Sie starrte mit bösem Blick auf das Telefon. »Weil er

nichts von dir wissen will«, sagte Rox. »Begreif es endlich mal – er will nichts von dir wissen. Wenn er wollte, würde er irgendwann mal anrufen, oder?«

Warum? Warum musste eigentlich immer der Junge den ersten Schritt machen?, fragte sich Christopher. Es war einfach nicht fair. Das hier waren die neunziger Jahre, Mädchen konnten sehr wohl Jungs anrufen, oder? Er war gestern in einem Laden gewesen und hatte eine von diesen Mädchenzeitschriften gesehen, mit einer Titelstory, irgendwas über Wege, wie Mädchen den ersten Schritt zu einem Treffen machen konnten.

Warum konnte Rox nicht einfach diese Zeitschrift kaufen und ihn dann anrufen? Sie würde schon wissen, was sie sagen musste. Es wäre so *einfach* für sie. Sie musste nur anrufen und sagen: »Hey, Christopher, hättest du Lust mit mir am Freitag auf den Ball zu gehen?« Und dann müsste er nur sagen: »Ja, das würd ich gern.«

Das konnte er. Ja, das war eindeutig das, was passieren sollte. Sie sollte *ihn* anrufen. Dann müsste er sich nicht wie ein hoffnungsloser, kleinmütiger, feiger –

Er schnappte sich das Telefonbuch, auf einmal fest entschlossen. Er wählte die Zahlen: 555-0765.

Da. Der Anruf wurde durchgestellt. Das Telefon klingelte. Ihr Telefon. Ihr Telefon klingelte und das bedeutete, dass sie abnehmen würde, und dass er –

Das Klingeln ließ Rox zusammenzucken. Die Zeitschrift fiel ihr aus der Hand.

»Ganz cool jetzt!«, befahl sie sich. »Meine Güte, Rox, es ist wahrscheinlich sowieso bloß Darby.«

Sie holte tief Luft.

Zweites Läuten. Warten bis zum dritten Läuten, sonst sah es schließlich so aus, als ob sie hier nur darauf gewartet hätte. Es läutete noch mal.

Rox schnappte den Hörer.

»Hallo?«

Keine Antwort. Ein Klicken im Hörer und die Leitung wurde unterbrochen.

Michael Serranos Zimmer war, soweit er es beeinflussen konnte, nicht hier in Montana. Die Wände waren in einem hellen Mattgrau gestrichen, nicht zu hell, nicht zu dunkel. Das Zimmer hatte Deckenstrahler und eine geschwungene blaue Neonröhre, die sich an einer Wand nach unten schlängelte.

Das große Bett hatte eine Überdecke, die mit schwarzen und grauen geometrischen Mustern bedruckt war. Die Wände waren mit professionell gerahmten Postern dekoriert. Eines von Trent Reznor und ein riesiges Bild von Manhattan aus der Luft. Es gab eine Pinnwand, die über und über mit Schwarzweißporträts von verschiedenen Hollywoodleuten bedeckt war. Der größte Teil keine Schauspieler. Es waren die Fotos von den Machern und Mächtigen – Steven Spielberg, Michael Ovitz, Jeffrey Katzenberg, Michael Eisner und am deutlichsten zu sehen, genau in der Mitte, Craig Maslow.

Und dann gab es noch ein gerahmtes Poster, das Werbeplakat des Longhorner Filmfestivals letztes Jahr. Das Projekt wurde von Maslow gesponsert und deshalb so ungefähr von der Hälfte der Filmstars, Produzenten und Regisseure Hollywoods besucht. Michael hatte Himmel und Hölle in Bewegung gesetzt, um es zu schaffen, da irgendwie mit reinzukommen. Er wurde als Kellner verkleidet erwischt und sie hatten ihm mit einer Anzeige gedroht, falls er wiederkäme.

Das diesjährige Festival war in zwölf Tagen. Er hatte sich überlegt, ob er versuchen sollte, sich als Lieferant auszugeben, der einen Blumenstrauß an einen glücklichen Produzenten ausliefern sollte. Ein Strauß, der rein zufällig eine Kopie seines noch nicht ganz vollendeten Drehbuchs drinstecken hatte.

Michael hatte einen großen Schreibtisch: eine Glasplatte auf zwei Stahlstützen. Darauf stand ein Computer, dessen Bildschirmschoner eine rotierende, verblassende Dollarnote zeigte. Der Computer hatte Verbindung zu CompuServe, Prodigy, America Online und jedem anderen Service, der Michael in Verbindung mit Leuten außerhalb Montanas bleiben ließ.

In einer umgedrehten Schachtel lagen so ungefähr hundert Seiten, der letzte Ausdruck des Drehbuchs, an dem Michael seit einem Jahr gearbeitet hatte – seit Craig Maslow sich mehr oder weniger dauerhaft in Montana niedergelassen hatte.

Das Drehbuch hieß *Flucht*. Es war die Geschichte eines früh gereiften, intelligenten Teenagers, der gegen seinen Willen gezwungen wird (sehr gegen seinen Willen), von New York in eine Kleinstadt in Wyoming zu ziehen. Aber der besagte Junge hat Verstand und sieht unheimlich gut aus und schafft es, die Tochter eines berühmten und mächtigen Fernsehproduzenten zu entern. Dieser Produzent erkennt sofort, dass in dem Freund seiner Tochter viel mehr steckt, als man auf den ersten Blick annimmt, und gibt dem Typen eine Rolle in einer seiner Top-Fernsehserien.

Es war mit voller Absicht *nicht* autobiografisch, denn Michael hatte einmal gelesen, dass es für amateurhaft gehalten wurde, wenn man beim Drehbuchschreiben zu autobiografisch war. Also hatte Wyoming die Stelle von Montana eingenommen und ein Fernsehproduzent die von Craig Maslow, der schließlich eher ein Kinofilmproduzent und Regisseur war. Alles total anders.

Liebend gern hätte er alles hergegeben, was er besaß, für eine winzige Chance, sein Drehbuch in das Filmfestival und in die Hände eines Mannes wie Maslow zu schmuggeln. Aber die Sicherheitstypen waren wahrscheinlich kein zweites Mal so tolerant.

Michaels Telefon stand auf dem Drehbuch und diente als Beschwerer für die Blätter. Es läutete, er ging hin und nahm den Hörer ab.

»Ja?«

»Hi. Hier ist Christopher MacAvoy, Michael bist du's?«

»Ja, Christopher, ich bin's. Was ist los?« Michael grinste, weil er sich die Antwort schon denken konnte.

»Mh, siehst du, die Sache ist die, ich war gerade dabei jemand Bestimmtes anzurufen –«

»Rox.«

»Ja. Ich wollte sie grade anrufen und das sagen, was wir heute Nachmittag geübt haben. Und das war so: Ich hatte es alles geplant und durchdacht und wollte anfangen, aber als ich sie dann wirklich hallo sagen hörte ... war irgendwie alles weg.«

Michael legte die Hand auf den Hörer, streckte ihn weit weg und starrte ihn an. »Du bist so komplett dämlich, du hoffnungsloser Idiot, du minderbemittelter Cowboy. Wenn du noch ein kleines bisschen blöder wärst, würden die Kühe dir die Brandzeichen aufdrücken, anstatt du ihnen«, murmelte er beinahe lautlos. Dann nahm er den Hörer an sein Ohr zurück. »Na, das ist normal, Christopher, schätze ich«, sagte er mit beruhigender, aufmerksamer Stimme. »Es ist ganz normal, ein bisschen nervös zu sein.«

»Ich hab beinahe gekotzt, hinterher. Ich war nicht nur ein bisschen nervös.«

Michael musste lachen. »Das *ist* nervös.«

»Ja, wahrscheinlich würd ich auch lachen, wenn ich an deiner Stelle wäre«, meinte Christopher reumütig. »Es ist nur so, ich kann mich an nichts mehr erinnern. Außer ›Pünktchen, Pünktchen, Pünktchen‹. Daran kann ich mich noch erinnern.«

»Hmm«, brummte Michael.

»Yeah«, sagte Christopher.

»Das scheint schwieriger zu sein, als ich zuerst gedacht hab.«

»Ich werd dich nicht mehr nerven«, sagte Christopher. »Wenn du mich nur noch mal daran erinnern könntest, was es war.«

Michael rollte mit den Augen. Das sollte wirklich nicht so schwierig sein. Christopher war scharf auf Rox. Rox war scharf auf Christopher. Und trotzdem, wenn er, Michael, bei dem Ganzen nicht was unternahm, war es gut möglich, dass die ganze Geschichte das restliche Schuljahr unentschlossen dahinplätscherte.

Nein, das kam überhaupt nicht in Frage. Die beiden mussten zusammenkommen. Denn nur dann konnten sie auseinander gerissen werden.

Nur dann konnte Michaels total genialer Plan funktionieren.

»Christopher, mein Freund«, sagte Michael, »ich glaube, wir müssen hier umfassendere Maßnahmen ergreifen. Und wie du wahrscheinlich schon rausgefunden hast, hab ich selbst viel übrig für die großen Gefühle – sozusagen. Und ich denke, dass wahre Liebe nicht einfach verloren gehen darf. Auf keinen Fall aus Mangel an wohl gewählten Worten.«

Er hörte wie Christopher seufzte. Es hörte sich ziemlich entmutigt an.

»Hey, Mann, gib noch nicht auf«, sagte Michael. »Das wird schon klappen, keine Sorge. Sag mal, hast du zufällig einen Computer?«

»Einen Computer? Ja, hab ich. Ist aber schon ziemlich alt.«

»Macht nichts«, meinte Michael. »Alles kein Problem.

Bist du an irgendeinen Online-Service angeschlossen?«

»Wir haben CompuServe«, erklärte Christopher, dem es ein komplettes Rätsel war, was Michael jetzt von ihm wollte.

»Das reicht. Habt ihr zwei Telefonanschlüsse?«

»Klar. Einen fürs Geschäft.«

»Cool. Dann steigen *wir* jetzt ins Geschäft ein. Schalt deinen Computer ein, Junge. Wir werden jetzt ein wenig Hightech-Verführung veranstalten.«

»Verführung?« Christopher gefiel das Wort offensichtlich nicht.

»Werben? Ist das ein besseres Wort?«

»Werben. Ja, das ist ein gutes Wort. Ein bisschen altmodisch vielleicht, aber es bringt die Message rüber.«

Zehn Minuten später tippte Christopher die Worte *Michael. Bist du da?* in die Tastatur seines Computers. Die Worte erschienen auf dem Bildschirm.

Wenige Sekunden später erschienen die Worte *Ich bin hier, Cowboy, jetzt geht's los*, auf Christophers Computerbildschirm.

Die Verbindung war hergestellt.

Kapitel 6

Rox hatte *Beck* in der Stereoanlage, während sie in ihrem Bademantel darauf wartete, dass die Wanne voll lief. Bei der Kombination von dröhnendem Sound und dem Rauschen des einlaufenden Badewassers hörte sie beinahe nicht, als das Telefon klingelte.

Aber das durchdringende elektronische Piepsgeräusch kam schießlich durch den Lärm zu ihr. Geistesabwesend nahm sie den Hörer ab. Sie hatte schon längst die Hoffnung aufgegeben, dass Christopher anrufen würde. Es war nach neun und sie wusste, dass die Kids, die auf Ranches lebten, früh zu Bett gingen.

»Ja?«, fragte sie laut.

»Ähm, mh, h-h-h-hi. Hi. Ich meine, hallo. Wie geht's?«

»Was?« Rox suchte nach der Fernbedienung, um die Musik leiser zu stellen.

»Ist, ist ist ist ist da ähm … ist das … bist du Roxana? Maslow? Roxana Maslow? Bist du's? Ma'am?«

Rox fand die Fernbedienung und dämpfte die Musik etwas. Die Stimme kam ihr zwar bekannt vor, aber es war trotzdem irgendwie merkwürdig. Der Typ am anderen Ende der Leitung stotterte und hörte sich an, als ob er kurz davor wär, an einem Stück Holz zu ersticken.

Christopher! Natürlich.

»Ja, hier ist Rox«, sagte sie rasch. »Bist du's Christopher?«

»Ähm, ... wirklich? Ja, ich bin's.«

»Ich bin total froh, dass du anrufst«, sagte Rox freundlich. Sie setzte sich im Schneidersitz aufs Bett.

»Ähm, ... was ich sagen wollte ... ähm, Rox? Ich ähm, mir ist klar, dass wir uns noch nicht lange kennen und dennoch habe ich das Gefühl, dass wir vom Schicksal dazu bestimmt wurden, weißt du, uns viel ... uns viel besser kennen zu lernen.«

Seine Stimme klang steif und gestelzt, beinahe so, als ob er eine Rede verlesen würde, aber es waren die Worte, auf die es Rox ankam.

»Vielleicht bin ich ja nur ... Ich meine, vielleicht bin ich ja nur hoffnungslos romantisch, aber ... Pause ... Ich meine nein, ich hab nicht ›Pause‹ gemeint. Egal, was ich wohl sagen wollte, würdestdumirdieFreudemachenmitmirzugehen? Zu dem Ball, mein ich? Diesen Freitag?«

Rox hörte, wie er tief ausatmete, als ob er gerade einen Traktor in die Luft gestemmt hätte. Sie musste lächeln. Sie hätte niemals in ihrem ganzen Leben geglaubt, dass Christopher so etwas Süßes sagen konnte.

»Wenn du nicht willst, na ja –«

»Nein,« sagte sie schnell. »Ich würde echt gern mit dir am Freitag auf den Schulball gehen.«

Sie hörte, wie jemand ganz tief Luft holte und dann vernahm sie etwas, das entfernt wie das Tippen auf einer Tastatur klang.

»Würdest du?«, sagte Christopher. »Ich meine ... ich meine... ähm, was ich meine, ist, danke. Danke, dass du mein Herz wieder schlagen lässt, Rox. ...Ähm ... Ich habe ein Gefühl, als ob die Sonne und der Mond und die Sterne gleichzeitig am Himmel stehen und du in jedem einzelnen von ihnen bist.«

Rox presste ihre Hand auf ihr Herz. Sie hatte noch nie so was Gefühlvolles gehört. Und auf jeden Fall hatte noch nie jemand so was Gefühlvolles zu *ihr* gesagt. Sie war ziemlich verblüfft. »Wow«, meinte sie schließlich. »Ich weiß gar nicht, was ich sagen soll.«

Es entstand eine Pause und wieder hatte Rox das Gefühl, Tippgeräusche zu hören. Dann sagte Christopher: »Indem du Ja gesagt hast, hast du schon mehr gesagt, als ich jemals hoffen konnte. Ich weiß nicht, wie ich jetzt noch schlafen soll, wenn ich an Freitag denke. Aber ich muss schlafen – wie soll ich sonst von dir träumen?«

»Wow«, sagte Rox noch mal. »Bist du ganz sicher, dass du Christopher MacAvoy bist?«

Es war als Witz gedacht gewesen, aber seine Stimme klang plötzlich beunruhigt.

»Was meinst du damit?«

»Ich hab nur gemeint ... Ich meine, heute Morgen und gestern, du hast noch nie viel mit mir geredet.«

»Das tut mir Leid, ich ...« Wieder eine Pause. Ungelenk meinte er: »Wenn ich mich in deiner Anwesenheit befinde, bin ich zu verzückt, um mich angemessen auszudrücken.«

»Verrückt? Du bist zu verrückt? Warte, Entschuldigung. Du meinst verzückt, also, wie entzückt?«

»Ja, das hab ich gemeint.«

»Ich glaub, du bist vielleicht einfach nur ein bisschen schüchtern«, meinte Rox behutsam. »Aber weißt du was?

Ich bin laut genug für uns beide zusammen. Ich bin total froh, dass du angerufen hast.«

»Ich auch«, sagte er. »Nur ... wenn wir uns morgen in der Schule treffen und ... ähm ... ich bete, dass wir das tun werden, denk nicht schlecht über mich, wenn ich ... ähm ... all dem, was ich für dich fühle, keine Stimme geben kann.«

Rox lachte. »Mit anderen Worten, du wirst immer noch verzückt sein?«

Christopher lachte auch, ein nettes Lachen, es klang wie Kieselsteine in einem rauschenden Bach. Und in seinem ganz normalen Ton meinte er: »Verzückt und verrückt, alles beides, denk ich.«

Christopher legte den Hörer auf und sah, dass seine Hand zitterte und dass er Schweiß auf der Stirn hatte, obwohl es in seinem Zimmer kühl war.

Er blickte auf den Computerbildschirm. Die letzte Message von Michael war immer noch da. *Wenn wir uns morgen in der Schule treffen und ich bete, dass wir das tun werden, denk nicht schlecht über mich, wenn ich all dem, was ich für dich fühle, keine Stimme geben kann.*

Eine neue Message erschien: »*Und?*«

Christopher wischte sich die Schweißperlen von der Stirn. Er legte die Finger auf die Tastatur und tippte. Seine eigene Message tauchte genau unter dem Wort »Und« auf dem Bildschirm auf.

Es ist vorbei. Es hat funktioniert. Und am Schluss hat sie gefragt, ob ich immer noch verzückt sein werde, wenn ich sie treffe. Ich hab gesagt, dass ich verzückt und verrückt wäre, beides. War das okay?

Christopher wartete einige Sekunden, während Michaels Worte, die nur ein paar Kilometer entfernt in der Stadt eingetippt wurden, die Telefonleitungen durchrasten, bis nach Ohio, wo sie von CompuServe-Computern aufgenommen und weitergeleitet wurden, in die entsprechende Leitung geschickt und von Christopher in Montana gelesen wurden.

Michael schrieb: *Yeah, macht nichts, schätz ich. Aber improvisier nicht zu viel, okay?*

Ich bin dankbar für deine Hilfe, schrieb Christopher. *Ich glaub von jetzt an schaff ich's selber.*

Klar schaffst du's, null Problemo. Sei einfach cool, Christopher.

Christopher schaltete seinen Computer ab. Er war aufgeregt und trotz aller Erleichterung darüber, dass alles so gut geklappt hatte, hatte er auch eine unbestimmte Angst. Er spürte, dass da irgendwo ein undeutlicher Schmerz war, ein irgendwie schauriges, beunruhigendes Gefühl. Es fühlte sich an, als ob irgendwo ganz tief drin in ihm eine Alarmglocke schrillte. Ein Gefühl, das er nicht so richtig orten konnte, so ähnlich, wie wenn er so eine »Ahnung« hatte, dass eines seiner Tiere krank war, obwohl es keine äußeren Anzeichen gab und er dann nie erklären konnte, warum er gewusst hatte, dass irgendwas nicht in Ordnung war.

»Ich weiß, was es ist«, murmelte er leise. »Es ist, weil ich weiß, dass ich eine richtige Verabredung mit Rox und keine Ahnung hab, wie ich sie überstehen soll.«

Das klang irgendwie wahrscheinlich. Das musste es sein. Darum hatte er ein so ungutes Gefühl. Aber irgendwie war es auch wieder nicht so.

»Na klar, Christopher, Junge«, sagte Michael verächtlich. »Klar kannst du es von jetzt an selber. Ha! Morgen wirst du schweißgebadet sein und dir den Kopf zermartern, wegen der großen Verabredung.«

Michael schaltete seinen Computer nicht sofort ab. Stattdessen kontrollierte er, ob er die ganze Verbindung mit Christopher richtig gespeichert hatte. Da war sie – mitsamt den Rechtschreibfehlern und allem. Es war eine Kleinigkeit für ihn, einen Ausdruck davon zu machen.

Der Drucker gab nur ein tiefes Summen von sich, als er die drei Seiten ausspuckte.

Beweismaterial. Beweismaterial, das er benutzen konnte, wenn die Zeit dafür gekommen war.

Er sah sich in dem großen Spiegel, der an der Tür seines Wandschranks angebracht war. Er lächelte sich zu.

»Jaha ha ha HAH!«, lachte er, ein hohes, leicht gestört klingendes Lachen.

»Das war super«, meinte er, zufrieden mit seiner Version eines teuflischen Gelächters. »Klar, warum sollte ich nicht auch noch Schauspieler werden, neben Drehbuchautor, Regisseur und Produzent? Michael Serrano – der Mann, der in Hollywood einfach alles zustande bringt.«

Michael nahm die Blätter, strich sie glatt und schob sie unter die Seiten seines Drehbuchs. Er trat näher an den

Spiegel heran, um einen besseren Blick auf sein Gesicht zu haben.

Mit der Stimme eines Ansagers sagte er: »Serrano begann seine Karriere in Hollywood ursprünglich als Geförderter von Craig Maslow, aber bald wurden seine Talente ... Seine eindrucksvolle Vielfalt an Talenten ... machte es ihm bald ein Leichtes, den älteren Mann völlig in den Schatten zu stellen. Autor, Schauspieler, Regisseur, Produzent und der von der Zeitschrift *People* zum Mann mit dem meisten Sexappeal erklärte Michael Serrano. Und zweifacher Oskar-Preisträger. Vielleicht dreifach, das kommt darauf an.«

Er streifte den Berg Hausaufgaben auf seinem Tisch mit einem Blick. Die waren heute keinen Gedanken wert. Er konnte sie leicht morgen früh erledigen, während er frühstückte. Die Schule war noch nie ein Problem für ihn gewesen. Er war ja schließlich ein Genie.

Er zwinkerte seinem Spiegelbild zu. »Jaha ha ha, JA?« Er schwenkte seine Hand mit ausgestreckten Fingern in der Luft und zeigte direkt über sich an die Decke. Diese Handbewegung kam absolut gut. Die durfte er nicht vergessen.

Kapitel 7

Am nächsten Nachmittag war die Hitzewelle vorüber und eine angenehm kühle Brise wehte von den Bergen herunter. Rox ritt auf Drifter im leichten Galopp neben Darby her, die ihrerseits ihr Pferd Mickey ritt.

Bei blauem Himmel und kühlerem Wetter fühlten sich alle, Menschen wie Pferde, wieder gut drauf, voller Energie und optimistisch.

Rox spürte immer noch, wie der Telefonanruf in ihr so was wie ein inneres Leuchten verursachte, obwohl Christopher sie den ganzen Tag über in der Schule mit der gleichen panikmäßigen Schüchternheit behandelt hatte wie immer. Das hatte sie ein bisschen enttäuscht, aber, so wies sie sich zurecht, es würde wahrscheinlich ein Weilchen dauern, bis er lockerer wurde. Und sie wusste nicht so genau, wie locker er wohl jemals werden würde.

Theoretisch machten sie einen Ritt, um den Pferden Bewegung zu verschaffen. Aber in Wahrheit hatte Rox ein Ziel vor Augen, und als das Ziel in Sichtweite rückte und Darby, die von diesem heimlichen Ziel nichts wusste, scheinbar in die falsche Richtung abzudrehen schien, trieb Rox Drifter an und er fiel in einen schnellen Galopp.

»Hey!«, brüllte Darby.

»Yeah!«, brüllte Rox über ihre Schulter zurück. »Krieg mich doch!«

»Okay, Alte!«, brüllte Darby. »Du hast es so gewollt!«

Bald hatten die beiden Pferde volles Tempo und beide Reiterinnen feuerten die Tiere noch an. Nach ein paar hundert Metern hatte Darby Rox eingeholt und sie zügelten die Pferde zu einem langsamen Trab.

»Wo willst du hin?«, fragte Darby. »Als ob ich das nicht schon wüsste«, beantwortete sie ihre Frage gleich selbst.

»Nirgendwohin«, sagte Rox ohne zu erwarten, dass ihre Freundin das glaubte.

»Du bist eine elende Lügnerin«, meinte Darby lachend. »Du gehst Richtung Three Aces. Meinst du, *er* ist wieder beim Teich draußen und wartet auf dich?«

»Wir machen doch bloß einen Ausritt«, beharrte Rox. »Muss denn alles immer eine *Bedeutung* haben?«

»Ja«, meinte Darby trocken.

Der lange Zaun, jetzt mit neuem Draht versehen, lag vor ihnen. Rox parierte Drifter zum Schritt durch, und Darby und Mickey machten es ihr nach.

»Weißt du, zu Hause in Kalifornien machen wir das Ganze ein bisschen anders«, sagte Rox. »Also, wenn ich dort wär, würde ich am Haus von dem Typen vorbeifahren und nachsehen, ob er vielleicht gerade draußen ist oder so.«

»Oder nackt in seinem Teich schwimmt«, schlug Darby trocken vor.

»Ich hätt dir das nie erzählen dürfen«, meinte Rox. Sie stellte sich in die Steigbügel und sah sich um. Was sie sah, war enttäuschend. Es war weit und breit kein Pick-up zu sehen. Und kein Pferd, das an einem der Bäume um den Teich herum angebunden war. Warum hatte sie gedacht, dass er hier sei?, fragte sie sich.

Darby stellte dieselbe Frage. »Wieso glaubst du, dass er hier draußen ist?«

Rox zuckte mit den Schultern. »Gar nicht. Es ist nur ... es ist nur, es wäre einfach ziemlich cool gewesen. Du weißt schon, so, als hätte er *gespürt*, dass ich hier am Teich nach ihm suche und als wenn er wüsste, dass ich spüre, dass er hier sein würde. Und wir würden uns treffen und das wäre dann wie Schicksal oder so was Ähnliches.«

»Klar. Weil Christopher MacAvoy ja so wahnsinnig romantisch ist.«

Sie hielten am Zaun an, genau oberhalb des Teichs. Die Pferde schnaubten und keuchten. Die Mädchen keuchten.

»Er *ist* romantisch«, meinte Rox. »Ich hab dir doch alles erzählt, was er am Telefon gesagt hat. Es war der beste Anruf, von dem ich jemals gehört hab.«

»Ich muss zugeben, dass es sich so anhört«, sagte Darby zurückhaltend. »Ich frag mich bloß, ob du vielleicht ein bisschen übertrieben hast. Na ja, es klang toll und so, weil, er hat ja wirklich ganze Sätze gesprochen.«

»Nein, es war *nicht nur*, dass er ganze Sätze gesagt hat. Es war auch, was er gesagt hat. Du bist bloß eifersüchtig, weil dich keiner anruft, der sich so gefühlvoll anhört.«

Darby lachte unbekümmert. »Kann schon sein.«

»Ich freu mich total auf den Abend mit ihm.«

Darby blickte sie durchdringend an. »Du hast Angst, oder?«

Rox nickte. Ihre Freundin hatte wie immer voll den Durchblick. »Ja, ein bisschen schon, denk ich. Ich meine, schau, alle in der Schule, all die Leute von hier, denken, ich wär die Tochter des Leibhaftigen persönlich. Und Christopher ist durch und durch einer von hier. Ein paar Leute denken, dass ich in Hollywood ganze Sexorgien veranstaltet hab, auf denen wir eimerweise Kokain geschnupft haben.«

»Willst du etwa sagen, dass das nicht stimmt?«, stellte Darby mit unbewegter Miene fest.

»Ich war in Kalifornien dieselbe normale, langweilige Person, die ich hier bin«, erklärte Rox. Sie lehnte sich nach vorne, um Drifter über den Hals zu streichen.

»Du bist gar nicht so normal«, neckte Darby sie. »Langweilig, klar.«

»Weißt du, wovor ich Angst hab«, sagte Rox. »Dieser Ball. Ich meine, wir kennen uns kaum und so schüchtern wie er ist, wenn wir uns gegenüberstehen, ich hab Angst, dass er dann erstarrt wie die Medusa, als sie ihr eigenes Spiegelbild gesehen hat.«

»Wie wer?«

»Medusa, die mit dem Schlangenkopf. Wer sie anblickte, wurde zu Stein, und als sie dann ihr Spiegelbild sah –«

»Okay, okay. Was du tun solltest, ist, ein bisschen Zeit mit ihm unter weniger angespannten Umständen zu verbringen. Warum verabredest du dich nicht einfach zum Mittagessen mit ihm oder so? Setz dich in der Cafeteria mal an seinen Tisch.«

Rox überlegte und schüttelte dann den Kopf. »Zu viele Leute. Weißt du, ein Problem ist, dass uns alle beobachten. Dieser Stress plus die Tatsache, dass es ihm nicht leicht fällt, seine Gefühle auszudrücken …«

»Okay. Ich versteh schon – reit zu ihm rüber und frag, ob er mit dir reiten geht.«

Rox dachte kurz über Darbys Idee nach. »Nein, ich kann ihn nicht einfach mit irgendwas überrumpeln. Das letzte Mal, als ich das gemacht hab, kam ich anspaziert, als er gerade keine Hosen anhatte.«

»Und das war *wirklich übel*, oder?«, fragte Darby mit einem Grinsen. »Was du brauchst, ist ein normaler, unverfänglicher Grund, ihn zu treffen. Ha, ich hab's. Die perfekte Lösung! Hast du Lust, ein paar Rinder zu stehlen?«

»Steht auf Viehdiebstahl nicht Tod durch den Strang?«

»Ach komm, Rox. Wir haben in Montana schon ewig keinen Viehdieb mehr gelyncht. Monatelang. Komm. Für wahre Liebe muss man schon ein paar Opfer auf sich nehmen.«

Der folgende Tag war ein Mittwoch, eine Sache, die Christopher schlecht übersehen konnte, während er in Englisch saß und apathisch auf die Shakespeare-Anthologie auf seinem Pult starrte.

Es war Mittwoch. Und weil es Nachmittag war, musste man davon ausgehen, dass der Mittwoch schon beinahe vorbei war, was bedeutete, dass es praktisch schon Donnerstag war. Und Donnerstag war der Tag vor Freitag.

Christopher zählte im Kopf die Stunden ab. Noch ungefähr zweiundfünfzig Stunden, bis er Rox zu Hause abholen und mit ihr zu dem Schulball fahren würde. Zweiundfünfzig Stunden, bevor er kommen würde – in seinem abgewrackten Pick-up –, vor das Haus der Maslows, das so riesig war, dass so ungefähr die Hälfte der Einwohner von Longhorn darin unterkommen könnte, und dabei jeder noch ein eigenes Zimmer hätte.

Das hatte ihm zumindest Michael beim Mittagessen erzählt. Er hatte gemeint, dass Christophers Haus – das ganze Haus! – wohl problemlos in das große Esszimmer der Pecos Pete Ranch passte. Dieses Bild hatte sich ziemlich in Christophers Kopf eingenistet. Ein paar andere Dinge, die Michael erzählt hatte, hatten auch Eindruck auf ihn gemacht.

Er ließ seinen Blick nach vorne schweifen, zur vordersten Reihe. Sie war auch da, klar, hatte eines dieser federleichten kurzen Kleider an, die sie am liebsten trug. Ihre Beine ein wenig in den Gang gestreckt, wie zufällig gekreuzt, Knöchel über Knöchel mit einem Fuß seitlich ausgestellt.

Es wäre ihm wirklich lieber, sie würde Hosen tragen. Auf ihre Beine starren zu müssen, zerstörte bei ihm jegliche Konzentration. Niemand außer ihr sollte so perfekte Beine haben, so weiß, so irre lang, so offenkundig glatt wie … wie irgendwas. Michael wüsste jetzt bestimmt einen Vergleich dafür.

Am Freitag, wenn er Rox zu Hause abholte, konnte es gut sein, dass er ein paar Worte mit ihrem Vater wechseln musste. Wenn man Michael glaubte, war Mr Maslow ein Genie. Ein sehr reiches, sehr mächtiges, völlig skrupelloses Genie, das dafür bekannt war, aus bekannten Filmstars eine Masse zitternden Wackelpuddings zu machen.

Damals, als er mit Julia Ardmore ging, hatte er sich mit Mr Ardmore unterhalten müssen. Aber Mr Ardmore führte den Eisenwarenladen und Christopher kannte ihn gut. Mr

Ardmore war ein Genie, wenn es darauf ankam, genau die richtige Mutter oder Schraube zu finden, aber das war etwas anderes.

Und wieder fragte er sich, wie er den Freitagabend überstehen sollte. Das Ganze war einfach idiotisch. Er musste auf Michael zählen, um einen einfachen Anruf hinzukriegen. Was sollte er am Freitagabend bloß machen? Rox würde wie ein Wasserfall reden, geistreich, klug, aufregend, intelligent, und er würde rumstehen, mit einem Gesicht, das komplette Blödheit ausdrückte und er würde aussehen wie ein Kalb, das sich im Stacheldrahtzaun verfangen hatte.

Der Gong tönte laut und abrupt und Christopher fuhr mit einem Ruck zusammen. Seine Bücher rutschten vom Pult auf den Boden.

Alle drängten zur Tür, wie immer nach der letzten Stunde, wenn man die Freiheit geradezu riechen konnte. Christopher beugte sich hinab, um sein Zeug aufzuheben. Zwei weiße, perfekte, Glatt-wie-nichts-auf-der-Welt-Beine stoppten genau vor ihm. Er traute sich nicht, aufzusehen.

»Hey, Christopher«, sagte Rox.

»Hi«, murmelte er und hielt seinen Blick auf den Boden gesenkt, während er seine Bücher superlangsam einsammelte.

»Du, es sieht so aus, als wären ein paar von euren Rindern auf unser Gebiet ausgebrochen. Darby meint, es sind acht oder neun Stück. Sie sind alle oben in einem kleinen Canyon.«

Christopher hatte seine Bücher eingesammelt. Er stand jetzt wieder aufrecht da, sah sie aber nicht an. »Das gibt's immer wieder mal«, sagte er, »dass ein paar von ihnen verloren gehen.«

»Oh, weiß ich.« Sie lachte fröhlich und legte ihre Hand einen winzigen Moment lang auf seinen Oberarm. »So blöd bin ich nun auch wieder nicht, dass ich das nicht weiß. Ich dachte nur, ich könnte sie ja zurückbringen.«

Christopher zögerte. Sie hatte *bringen* gesagt. Nun, jeder hier in der Gegend würde wissen, dass man dazu ein Pferd und einen Reiter brauchte, der die Rinder vor sich hertrieb. Aber einen kurzen Moment lang fragte er sich, ob Rox die Tiere vielleicht in einem Fahrzeug bringen wollte. Nein, sie war jetzt schon seit einem Jahr hier. Auf jeden Fall …

»Du meinst, du willst sie rüberbringen?«, sagte er mit einem letzten skeptischen Seitenblick.

»Ich hab alles gelernt, was man als richtiges Cowgirl können muss«, meinte Rox. »Darby hat's mir beigebracht. Obwohl ich schon noch mehr lernen möchte.«

»Na, vielleicht sollte ich einfach heute Nachmittag rüberkommen. Sie selber einsammeln, wenn's dir nichts ausmacht.«

»Super«, rief sie glücklich. »Treffen wir uns beim Teich.«

»Treffen?«, sagte er. Er konnte fühlen, wie das Blut aus seinem Gesicht wich.

»Mich und Drifter. Dann kannst du mir zeigen, wie man Rinder fängt. Du kannst das sicher besser als Darby.«

Und dann war sie weg, ließ einen himmlischen Duft und ein engelhaftes Lachen zurück.

Christopher bemerkte, dass er allein im Klassenzimmer war. Bis auf Julia Ardmore, die gerade hinausging.

Er blickte an ihr vorbei in den Gang hinaus und entdeckte Michael, den man sofort daran erkannte, dass er immer noch ein Gehtempo an sich hatte, als würde er Manhattan während der Rushhour durchpflügen.

Christopher trat in Aktion. Er fegte mit einem schnellen »Sorry, Julia«, an Julia vorbei und packte Michael brüsk am Arm. Er drückte den verblüfften Michael gegen die Schließfächer und redete auf ihn ein.

Julia konnte das Wesentliche des Gesprächs zwischen Christopher und Michael nicht hören, aber allein schon die Tatsache, dass sie miteinander redeten, noch dazu so eindringlich, nur ein paar Sekunden, nachdem Christopher von irgendwas, das Rox Maslow gesagt hatte, in Panik versetzt worden war – das ließ sie total aufmerksam werden.

»Christopher MacAvoy und Michael Serrano«, murmelte Julia vor sich hin. »Christopher MacAvoy und Rox Maslow.«

Sie schüttelte den Kopf und versuchte, das zusammenzukriegen, sah mit ihren wasserklaren Augen zu, wie Christopher und Michael davonliefen, wild miteinander redend.

»Auf jeden Fall alles andere als nichts sagend. Auf keinen Fall normal«, sagte sie. Sie zog eine ihrer schönen Augenbrauen hoch. Der Anflug eines Lächelns zeigte sich auf ihrem Gesicht. »Ist das ’ne Chance?«, fragte sie und ließ sich das Wort auf der Zunge zergehen. Dann nickte sie und beantwortete die Frage selbst. »Ja, das könnte eine Chance sein.«

Kapitel 8

Ein gleichmäßiger Wind wellte das grüngoldene Gras. Die Berge im Westen türmten sich grau und düster auf, die Sonne schien zwar noch, hatte ihren Höchststand aber schon lange überschritten. Christopher saß auf seinem Pferd, mit sauberem Hemd und frisch gebügelten Jeans, mit Stiefeln, die merkwürdig nackt aussahen, ohne die übliche Schicht Dreck. Er saß ungelenk im Sattel und das Pferd spürte seine Unsicherheit und wurde ebenfalls unsicher, warf den Kopf herum, schnaubte und schnoberte in der Luft umher, suchte nach der Bedrohung, die seinen Reiter so angespannt sein ließ.

Dann vernahm es mit seinem exakten Gehör ein winziges Geräusch und stellte die Ohren nach hinten, zu Christopher hin, und versuchte zu ergründen, was das war, das sich anhörte wie … und doch irgendwie nicht … wie eine menschliche Stimme.

Der Wind fuhr in Christophers Haar und brachte es durcheinander. Er rückte schnell seinen Hut zurecht, damit das nicht noch einmal passieren konnte. Denn – in seinem rechten Ohr hatte er einen winzig kleinen Kopfhörer, völlig verdeckt von seinen Haaren. Ein Kabel führte von dem Mikrofon über sein Ohr und den Nacken hinab, und war dort mit einem Klebestreifen befestigt, der ein bisschen wehtun würde, wenn er ihn wieder entfernte. Das Kabel lief zum Schlüsselbein und über seine rechte Brust, wo es wieder von einem Stück Klebestreifen gehalten wurde, der garantiert ziemlich wehtun würde, wenn er ihn entfernte. Das Kabel war an eine kleine Schachtel, nicht größer als eine Zigarettenpackung, angeschlossen, die im Bund seiner Jeans steckte.

»*Okay, Soundcheck*«, sagte die leise Stimme in seinem Ohr. »*Kannst du mich hören?*«

»Ja, ich hör dich. Kannst du mich hören?«, fragte Christopher zurück.

»*Perfekt*«, erklang Michaels Stimme. »*Keine Sorge. Genau wie ich dir gesagt habe. Solange du nicht außer Reichweite kommst.*«

»Okay«, meinte Christopher kurz angebunden. »Wird nicht jeder, der auf CB-Funk oder Kurzwelle ist, das alles mithören?«

»*Nicht mit dieser schwachen Sendestärke*«, sagte Michael beruhigend. »*Wir haben nur eine Reichweite von ungefähr fünfzehnhundert Metern. Es müsste jemand genau auf unserer Frequenz sein und nicht weiter als eineinhalb Kilometer von uns entfernt. Bleib cool. Wir sind unter Millionen von Kühen, Schafen und Bären. Wer verdammt noch mal sollte uns da abhören?*«

»Du hast wahrscheinlich Recht«, sagte Christopher. »Oh … oh … da kommt sie.«

»*Reiß dich zusammen, Cowboy, das wird schon klappen*«, sagte Michaels Stimme in seinem Ohr.

Sie trug wenigstens Jeans, kein Kleid. Er war froh darüber. Es gab also Hoffnung, dass er sich würde konzentrieren können.

Sie winkte. Er winkte zurück. Sie galoppierte nun. Rox ritt gut, bemerkte er. Sie sah überhaupt nicht aus wie ein Sack Mehl über einem Sattel, wie die meisten Leute aus Kalifornien, wenn sie auf einem Pferd saßen. Nein, sie ritt gut, war wie ein Teil des Pferdes, leicht, harmonisch.

Er atmete tief und laut aus.

Sie lächelte, als sie näher kam, verlangsamte ihr Pferd und parierte es ein paar Meter vor ihm durch. »Hi«, sagte sie.

»Hi«, antwortete er.

»Schöner Tag heute, nicht?«, sagte sie.

Jeder Tag mit dir ist schön, dachte Christopher für sich. Aber natürlich schluckte er nur unbeholfen, bis eine Stimme in seinem Ohr sagte: *»Jetzt ist er besonders schön.«*

Und Christopher sagte: »Jetzt ist er besonders schön.«

Rox wurde ein wenig rot, und sie schien geschmeichelt, über das Kompliment, zumindest in Christophers Augen.

»Freut mich, dass du das sagst«, meinte Rox. Sie lächelte ihm zu und ihm wurde klar, dass es absolut keinen Unterschied machte, ob ihre Beine nackt oder in Hosen waren. Es lag einfach an ihren Beinen. Es lag an ihr. Jedem kleinen Stückchen von ihr. Eine unwiderstehliche Kraft ging von ihr aus, eine Kraft, die ihn anzog – und zur gleichen Zeit mit Mutlosigkeit zuschüttete.

»Wir reiten jetzt wohl am besten los und suchen die Ausreißer«, sagte er.

 Die Stimme in seinem Ohr meinte: *»Bist du dir sicher, dass du jetzt Cowboy spielen willst? Versuch doch, sie zu küssen.«*

»Nein!«, entfuhr es Christopher.

»Nein?«, fragte Rox.

»Ich meine Ja«, sagte Christopher. »Zu dir ja.« Er zwang sich zu einem – unsicheren – Lächeln. »Bei jedem anderen wäre es ein Nein.«

»Das ist kompletter Unsinn.«

Und wenn man aus Rox' verwirrtem Gesichtsausdruck schloss, schien sie dem eindeutig zuzustimmen.

Christopher holte tief Luft und trabte an. Rox folgte ihm.

»Du hast ein klasse Pferd«, sagte Rox. »Es ist eine Stute, oder?«

Christopher nickte. »Ich hab sie letztes Jahr gekriegt, mein Wallach Pete ist langsam zu alt gewesen und seine Beine sind an kalten Tagen steif geworden. Ich hatte Pete, seit ich ein kleiner Junge war.«

Na also, sagte er sich, noch immer auf der Hut, das ist ja gar nicht so schlecht. Sie führten ein Gespräch.

»Pete, das ist Drifter.« Rox lehnte sich vor und klopfte ihrem Pferd den Hals.

Christopher nickte zustimmend. »Das ist –« Er hielt abrupt inne.

Der Name seines Pferdes war Roxana.

»Wie?«, fragte Rox nach. »Wie heißt sie?«

»Es ist wirklich ein Supertag«, sagte Christopher und hoffte, dass sein tiefrotes Gesicht nicht allzu sehr auffiel.

»Das hatten wir doch schon mal. Es ist ein exzellenter Tag.«

»Ja, genial«, meinte Rox. »Also wie heißt dein Pferd?«

»Sie heißt ähm … Sie heißt …«

»Mensch, Christopher, da kann ich dir auch nicht helfen. Du weißt den Namen von deinem Pferd nicht? Kennst du den Namen … Ah! Es heißt Roxana, stimmt's. Du meine Güte!«

»Sie heißt Millie«, sagte Christopher plötzlich. »Ich hab sie nach meiner Mum benannt«, log er.

»Das ist ja nett«, sagte Rox. »Ich würde deine Mutter gern mal kennen lernen. Du wirst am Freitag ja wohl meinen Vater sehen.«

»Mhm«, meinte Christopher vorsichtig.

»Da freu ich mich schon total drauf.«

»Da freu ich mich schon total drauf«, sprach Christopher nach.

»Er ist ein toller Mensch.«

»Er ist ein toller Mensch.«

»Und ich fand es echt toll, wie er ›Let Freedom Scream‹ verfilmt hat«, sagte Michael.

»Und ich fand es echt toll, wie er ›Let Freedom Ring‹ verfilmt hat.« Das war gar nicht so schwer. Es war sogar –

Rox drehte den Kopf, um ihn ansehen zu können. »Hast du ›Let Freedom Ring‹ gesagt?«

»Ich glaub schon.«

»Christopher, gehst du eigentlich nie ins Kino?«

»Was?«, fragte Christopher, der jetzt völlig durcheinander war.

 »Es heißt nämlich nicht ›Let Freedom Ring‹«, sagte Rox.

»Hat mir aber echt gut gefallen«, meinte Christopher verzweifelt. Ihm war, als ob die Temperatur auf einmal um einige Grad angestiegen war. Alles ging schief. Er konnte nicht –

»Es heißt ›Let Freeedom Scream‹. Scream!«, brüllte Michael.

»Du meinst tatsächlich ›Let Freedom Ring‹?«, fragte Rox noch mal.

Keine Panik. Das war das Wichtigste – keine Panik. »Genau«, wiederholte Christopher. »Mein Lieblingsfilm – ›*Let Freedom Ring*‹.«

»Nein, du Idiot. Scream, Schrei!«

»Aaaaahhhhhh!«, brüllte Christopher.

»Nein!«

»Was ist los?«, rief Rox. Ihr Pferd war bei seinem Geschrei zur Seite gesprungen und schielte aufgeregt zu Christopher hinüber.

»Es heißt ›Let Freedom Scream‹. Hör mir doch zu.«

»Ich hab ... geschrien«, sagte Christopher.

»Warum?«

»Warum? Warum hab ich geschrien?«

»Weil du so ... weil, ähm ... okay, du hast geschrien, weil dir auf einmal klar wurde, wie genial es ist, mit ihr unterwegs zu sein. Du hast wegen ihr geschrien.«

»Wegen dir hab ich geschrien. Ich meine ... ich meine ... ähm, könnten wir noch mal von vorne anfangen?«, meinte Christopher, dem fast die Tränen in den Augen standen vor Wut und Frust und überhaupt. »Was ich sagen wollte ist, mit dir hier zu sein ... Das ist irgendwie so was, das ich wollte. Schon lange.«

»Das hab ich aber nicht gesagt.«

»Und jetzt bist du enttäuscht?«, sagte Rox. Sie sah gekränkt aus.

»Enttäuscht? Nein. Niemals. Ich bin Pünktchen, Pünktchen, Pünktchen, überwältigt. Und ich schwöre: Wenn du Pünktchen, Pünktchen, Pünktchen sagst, werd ich genauso schreien.«

»Enttäuscht?«, meinte Christopher. »Nein. Niemals. Niemals, nicht bei dir. Ich bin … überwältigt.«

»Guter Junge.«

Christopher hatte das Gefühl, dass er das erste Mal seit zehn Minuten Luft holte.

Julia Ardmore war ein Cheerleader und manche Leute machten den Fehler zu glauben, dass sie vielleicht weniger intelligent war, als einige andere Mädchen. Aber damit lagen sie falsch.

Nicht dass sich Julia große Sorgen machte, was andere von ihr dachten. Wenn sie glauben wollten, dass sie eine Cheerleader-Tussi war, okay. Was die wenigsten wussten: Sie hatte einen Einserdurchschnitt und ihr Einstufungstest fürs College war beinahe zu gut, um wahr zu sein.

Julia hielt ihre Noten mit minimalem Aufwand. Sie musste normalerweise nicht lernen, weil sie mit einem exzellenten, beinahe fotografischen Gedächtnis und einer ausgeprägten Neugier auf die Welt gekommen war. Sie war scharf auf Neuigkeiten. Und sie erfuhr am liebsten Dinge, die sie nicht erfahren sollte.

Es war wie ein Spiel, alles, was in der Schule, in der

Stadt, in der Kirche vor sich ging, wahrzunehmen und dann das Puzzle zusammenzusetzen. Sachen, die am Anfang unbedeutend aussahen, die aber, wenn alle Punkte miteinander verbunden waren, ein Bild entstehen ließen.

Punkt eins – Rox Maslow kommt in Christopher MacAvoys Truck in die Schule. Punkt zwei – Christopher verbringt die Mittagspause mit Michael Serrano. Punkt drei – Christopher bringt keinen Ton heraus, als Rox erzählt, dass ein paar von seinen Rindern auf dem Land ihres Vaters herumstreunen. Was unmittelbar Punkt vier folgen lässt – Christopher schnappt sich Michael und sie führen ein aufgeregtes Gespräch.

Punkt fünf – Julia hatte Michael aus der Stadt verfolgt, was zu Punkt sechs geführt hatte, was … Nun, Punkt sechs befand sich direkt vor ihren Augen.

Julia saß in dem staubigen grünen Pick-up ihres Vaters. Sie war hoch oben am letzten Zipfel der Pecos Pete Ranch, genau unterhalb des Hügelkamms, damit man ihre Silhouette nicht sehen konnte, unten im Schatten, wo sie wiederum andere sehen konnte, ohne selbst gesehen zu werden.

Und was sie sah, war sehr interessant. Ein paar hundert Meter von ihr entfernt waren zwei Leute auf Pferden, Rox Maslow und Christopher MacAvoy. Und etwa zweihundert Meter östlich von ihrem Standort war ein Jeep mit offenem Verdeck mitten auf einer Wiese geparkt.

Alle paar Minuten startete der Jeep, fuhr fünfzig oder achtzig Meter weiter und hielt wieder an.

In dem Jeep saß Michael Serrano. Die Aussicht auf

Michael Serrano in einem Jeep hier draußen in der Pampa, wo er anscheinend Rox und Christopher in sicherem Abstand folgte, war einfach zu merkwürdig, als dass es nicht eine Menge Aufregung versprach.

»Ja«, meinte Julia zu sich selbst, »aber was für Aufregung genau? Was soll das bedeuten?« Sie durchwühlte das voll gestopfte Handschuhfach und fand endlich, was sie suchte: das Fernglas. Sie richtete es aus und stellte es scharf. Michael Serranos Profil kam in Sicht.

Er hielt irgendwas in der Hand. Ein Mikrofon. CB oder Kurzwelle.

»Was zum Himmel soll das?« Julia schaltete das Funksprechgerät ein. Wie gut, dass ihr Vater immer eins dabeihatte. Wenn er mit seinem Truck unterwegs war, hier im Tal, wollte er ständig erreichbar sein. Julia drehte langsam an der Einstellskala. Rauschen. Rauschen. Dann …

»*… als ob du im Sattel auf die Welt gekommen wärst*«, sagte eine Männerstimme.

»*Weißt du, du reitest, als ob du im Sattel auf die Welt gekommen wärst*«, sagte eine andere Männerstimme.

Dann, viel schwächer, aber immer noch verständlich, eine Frauenstimme: »*Das bedeutet mir eine Menge, wenn du das sagst, Christopher. Ich hoffe, ich krieg ein paar Tipps von dir, wenn wir die Ausreißer einsammeln. Hoffentlich macht es dir nichts aus, ein paar dumme Fragen zu beantworten.*«

Die erste Männerstimme: »*Ich kann mir nicht im Entferntesten vorstellen, jemals etwas Dummes von dir zu hören.*«

Zweite Männerstimme: »*Ich kann mir nicht im Entferntesten vorstellen, jemals etwas Dummes von dir zu hören.*«

Die Frauenstimme lachte. Dann: »*Oh, wart's mal ab. Ich werd dir ziemlich auf die Nerven gehen.*«

Die erste Männerstimme: »*Rox, das ganze Leben müsste mir auf die Nerven gehen, bevor du mir auf die Nerven gingest.*«

Die zweite Männerstimme: »*Rox, ich glaub, ähm ... ich glaub, das Leben müsste mich nerven, bevor du mich nervst.*«

Die erste Männerstimme, erschöpft: »*Könntest du aufhören, immer ›ich glaub‹ an alles anzuhängen?*«

Julia saß mit offenem Mund da. Sie hörte noch ein Weilchen zu. Rox und Christopher entfernten sich und die Verbindung wurde schlechter. Dann ließ Michael den Jeep an und fuhr ein Stück vorwärts. Julias Empfang war unterbrochen, sie hörte nur noch zusammenhanglose Brocken des Gesprächs.

Aber sie musste gar nicht mehr davon mitkriegen.

Sie fing an, in sich hineinzukichern. »Oh Christopher, Christopher, Christopher«, sagte sie und schüttelte den Kopf. »Du Ärmster.«

Dann musste sie noch mehr lachen und wischte sich sogar eine Träne aus den Augen. »Serrano, du bist so ein mieses Ekel.«

Sie ließ den Motor an und fuhr in einem weiten Bogen in die Stadt zurück, still vor sich hin lächelnd, weil sie genau wusste, dass sie das hier zu ihrem eigenen Vorteil nutzen konnte.

Kapitel 9

Als Rox heimkam, saß Keanu Reeves im Wohnzimmer, nippte an einem kühlen Drink und sah in dem riesigen Sessel ziemlich klein aus. Craig Maslow lief vor dem Schauspieler auf und ab. Er hielt eine Plastikflasche mit Mineralwasser in der einen Hand und gestikulierte mit der anderen durch die Gegend.

»Hi, Keanu«, sagte Rox. Sie winkte ihm kurz zu und ging nach oben, um sich umzuziehen. Als sie wieder nach unten kam, war der Schauspieler weg.

»Und, macht er den Film?«, fragte Rox ihren Vater.

Craig Maslow nickte. »Ich denke schon. Es wäre ein Karrieresprung für ihn. Er würde in die Fußstapfen von José Ferrer und Gerard Depardieu treten.« Er drückte seine Tochter an sich. »Wo bist du überhaupt gewesen?«

»Draußen, hab ein paar Ausreißer eingesammelt und sie zurück auf Three Aces getrieben«, meinte Rox beiläufig. Sie war stolz, dass sie beim Viehtreiben mitgemacht hatte. Oder zumindest bei so was Ähnlichem. Die Pferde und Christopher hatten eigentlich die meiste Arbeit geleistet.

Ihr Vater zog skeptisch eine Augenbraue hoch. »Du weißt, dass wir genug Helfer haben, die genau diese Arbeiten erledigen sollen.«

»Es hat mir Spaß gemacht«, sagte Rox.

»Du und Darby?«, forschte ihr Vater weiter.

»Nicht direkt«, meinte Rox und grinste.

»Jetzt versteh ich. Also, wer ist der junge Mann?«

»Kennst du nicht. Er heißt Christopher MacAvoy. Von der Three Aces Ranch. Die Nachbarn an der südöstlichen Grenze.« Als ihr Vater sie immer noch verständnislos ansah, meinte sie: »Na ja, ich geh am Freitag mit ihm weg und er wird mich hier abholen. Wenn du da bist – könntest du bitte nett zu ihm sein?«

»War ich jemals nicht nett?« Ihr Vater spielte den Beleidigten.

»Ich meine nur, es wäre schön, wenn du versuchen würdest, normal zu wirken. Red nicht über die Zebrazucht, zum Beispiel. Und verwende nicht immerzu diese Wörter, die mit *F* und *S* und *A* und *V* anfangen und so.

»Was für ein Wort mit V?«, fragte er verwundert.

»Und biet nicht an, ihm ein Auto zu kaufen, oder eine Rolle in einem Film zu verschaffen. Er ist total nett und kein bisschen ausgeflippt. Und bitte, bitte, mach das nicht wieder, dass du ihn fragst, ob er weiß, wie man Kondome benutzt.«

»Das war nur *ein Mal*«, beklagte Mr Maslow sich. »Und ich hatte gerade den Aidsfilm gedreht. Ich meine, Verd-« Er hielt inne. »Oh, *dieses* Wort mit V.«

»Sag ich doch.«

Er grinste und winkte mit dem Zeigefinger. »Sag nicht immer ›Sag ich doch‹ zu mir, junge Dame. Hör mal.« Er legte ihr den Arm um die Schultern und ging mit ihr in die Küche. »Das Filmfestival ist schon in zehn Tagen. Und ich hab das Gefühl, manche von den Eingeborenen hier sind von der Veranstaltung nicht gerade begeistert.«

Rox sagte nichts, sondern rollte nur mit den Augen.

»Was?«, fragte ihr Vater.

»Du hast gesagt, ich soll nicht mehr ›Sag ich doch‹ sagen«, erklärte Rox. »Die meisten ›Eingeborenen‹, wie du sie nennst, hassen das Filmfestival einfach.«

»Warum denn?« Sie waren in der Küche angekommen. Rox öffnete den Kühlschrank und sie betrachteten gemeinsam seinen Inhalt.

»Ich meine, das Festival bringt eine Menge Geld in die Stadt, belegt alle Motels, Hotels und Restaurants. Und außerdem, willst du mir erzählen, dass diese Leute es nicht gerne sehen, wenn Jack Nicholson und Robert Redford in der Stadt herumlaufen?«

»Daddy, sie würden sich vielleicht daran gewöhnen, aber du hast es auf dasselbe Wochenende gelegt wie das Longhorn Rodeo. Alle Hotels, Motels und Restaurants sind voller Wichtigtuer aus Hollywood, und ich sag's dir ja nicht gern, aber die Leute hier aus der Gegend sind viel aufgeregter, wenn sie einen Meister im Rodeoreiten herumlaufen sehen, als sie's bei Robert Redford sind. Wie wär's mit Nudelsalat?«

»Gut.« Er griff nach der Schüssel. »Ja, mir ist schon klar, dass das Festival mit dem Rodeo zusammenfällt und das tut mir Leid. Vielleicht können sie das Rodeo nächstes Jahr auf ein anderes Datum verlegen.«

Rox stöhnte. »Daddy, das ist genau das, warum uns die Leute hier nicht mögen. Das Rodeo findet schon seit ungefähr neunzig Jahren zu diesem Datum statt. Und das ist erst das zweite Filmfestival.«

Mr Maslow verteilte den Nudelsalat. »Ich hab also Recht. Sie wollen das Festival nicht.«

»Du weißt doch genau, wie wenig dir's gefällt, wenn *Entertainment Weekly* eine Liste der einflussreichsten Leute in Hollywood aufstellt und du bist erst an dritter Stelle oder so? Und aus demselben Grund mögen die Einheimischen dein Festival nicht.«

»Mir ist es völlig schnuppe, was dieser triviale, von miesen Schmierfinken verfasste Fetzen Papier erzählt«, schimpfte Mr Maslow. »Niemand, der irgendwas zu melden hat, glaubt, dass Spielberg größer ist als ich. Nicht seit den Achtzigern.« Er dachte einen Augenblick lang nach und kaute einen Mund voll Broccoli, gelbe Paprika und Nudeln. »Aber ich verstehe, was du sagen willst. Es gefällt ihnen nicht, dass sie in ihrer eigenen Stadt zum Rahmenprogramm degradiert werden. Darum überlege ich, wie ich mehr lokale Beteiligung bekommen könnte. Ich hätte gerne, dass einige von den Leuten hier die Preise übergeben, zusammen mit den üblichen Berühmtheiten. Weißt du, wenn Cousin Ed aus dem Futtermittelhandel und Tante Petunia von diesem langweiligen Kirchenchor in der Show sind und zusammen mit Sharon und Robin auftreten, und wenn sie Jack oder Bobby oder Meryl die Auszeichnung übergeben oder vielleicht auch mir, na ja, dann sind sie mit von der Partie, oder? Und wir bezahlen sie sogar dafür.«

Rox ließ sich die Idee kurz durch den Kopf gehen. Wenn man die bösartige Bemerkung über Tante Petunia beiseite ließ, war es vielleicht nicht die schlechteste Idee, die ihr Vater da hatte. »Vielleicht«, sagte sie, »wäre es gar keine schlechte Idee.«

»Wunderbar. Abgemacht. Überhaupt, weißt du was? Wir werden deinen Freund Christopher gleich als Ersten verpflichten.«

»Und?«, forderte Darby. »Kuss?«

»Kein Kuss«, sagte Rox. »Können wir uns auf unsere Hausaufgaben konzentrieren?« Rox und Darby waren in Rox' Zimmer. Geöffnete Bücher und geöffnete Hefte, ein Thesaurus, ein Wörterbuch, eine Tüte Nachos und Rox selbst lagen auf dem Bett. Darby hatte einen Stuhl neben das Bett gezogen und ihre Füße auf der Kopfstütze der Lagerstatt abgelegt.

»Du machst wohl Witze? Lernen? Ja, klar. Nicht bevor ich nicht alles Interessante gehört hab.«

»Hey, es gab keinen Kuss, klar?«, sagte Rox leicht verärgert.

»Hat er's versucht?«

»Nein.«

Darby dachte einen Augenblick nach. Sie schüttelte den Kopf wie ein Arzt, dem der Leberfleck, den er gerade untersucht, gar nicht gefällt. »Also … was habt ihr *dann* gemacht?«

»Wir haben die weggelaufenen Rinder eingesammelt und dann zu seiner Ranch getrieben. Das war ja schließlich auch der Plan.«

Darby schnaufte verächtlich. »Mhm, das war der Plan.

Deshalb sind wir losgezogen und haben diese dämlichen Kühe geklaut, damit ihr sie am nächsten Tag wieder gemütlich zurücktreiben konntet.«

»Ich dachte, es sind Stiere, keine Kühe«, sagte Rox.

»Ich dachte, der Plan war, ihn besser kennen zu lernen, vor dem großen Tag.«

»Ich kenne ihn jetzt besser«, sagte Rox.

»Aber nicht viel besser. Meinst du, er mag dich?«

Rox zuckte mit den Schultern. »Es hört sich so an, als ob er mich mag. Ich meine, was er so sagt, ist ... Ich weiß nicht so recht, als wären wir eines dieser Paare aus *Reich und Schön*. Er sagt lauter total irre Dinge. Er ... na ja, irgendwie ... er sagt eine ganze Menge, echt.«

»Halt mal. Reden wir hier über Christopher MacAvoy? Ich darf dich doch daran erinnern – mein *Vater* sagt, Christopher ist kein Freund vieler Worte, und der vollständige Wortschatz von meinem Vater besteht aus ›yup‹ und ›nö‹. Meine Mutter behauptet, dass er, als er um ihre Hand angehalten hat, einfach meinte: »Am besten heiraten wir.«

Rox schlug auf einmal ihr Buch zu. »Ich weiß, ich weiß. Es ist echt komisch.« Sie stieg aus dem Bett und begann auf und ab zu gehen. »Ein Jahr lang sagt er nicht mal hallo, okay? Dann, wenn ich das erste Mal mit ihm rede, bringt er nichts heraus außer Grunzen und Stottern. Okay, er war ziemlich nackt dabei, also kann ich das schon verstehen.«

»Wenn er richtig erzogen wäre, hätte er an seinen Hut getippt, wenn er einer Lady begegnet«, meinte Darby grinsend.

»Dann fahr ich mit ihm in die Schule –«

»– nachdem du ihn mit einem Trick dazu gebracht hast, dich mitzunehmen.«

»– und wieder hat er nicht gerade viel zu sagen. Aber das macht ja nichts, er ist, wie er ist, und das ist der Typ, den ich gern hab. Ich finde, dass es zwar ganz schön hilfreich wäre, wenn er wenigstens lernen würde, ›Hi‹ und ›Wie geht's‹ und ›Hast du Lust wegzugehen‹ zu sagen, aber ich bin bereit, geduldig zu warten.«

»Geduldig, ja ja. Das erklärt auch, warum du ihn dazu gebracht hast, dich mitzunehmen.«

»Na, irgendjemand musste ja mal den Anfang machen«, sagte Rox. »Aber jetzt! Es ist, als hätte ich ihn angeschubst und nun kann er nicht mehr anhalten. Zumindest kann er seinen Redefluss nicht mehr bremsen. Was immer ich auch sage, er hat eine dieser großen gewundenen Reden auf Lager. Er ist süß, echt. Aber …« Sie ließ die Hände frustriert nach unten fallen.

»Vielleicht war's ja all die Jahre tief in ihm drin vergraben und er lässt es jetzt raus. Manche Jungs sind so. Die sind total verschlossen, weil sie denken, sie dürften niemals ihre wahren Gefühle zeigen oder so. Guck dir Ricki Lake an, dann weißt du, was ich meine.«

»Ich fand's aber besser, als er total verschlossen war«, sagte Rox. »Ich meine, ich mag ihn immer noch, aber jetzt ist es irgendwie so, wie wenn ich ihn trotzdem noch mag, verstehst du?«

»Nein, überhaupt nicht.«

»Heute, als ich mit ihm zu dem kleinen Canyon geritten bin, weißt du, was ich echt tun wollte?«, sagte Rox wehmütig. »Ich wollte den Vögeln zuhören und dem Wind und dem Klang der Pferdehufe.«

»Und dann ein kleines Aufeinandertreffen eurer Lippen«, meinte Darby.

Rox ignorierte sie. »Und, okay, ich hätte gern mit ihm geredet, ganz normal eben. Über ganz normales Zeug. Was er machen will, wenn er mit der Schule fertig ist. Ob er aufs College gehen wird. So was.«

»Und dann ein kleines Aufeinandertreffen eurer Lippen«, sagte Darby.

»Und wenn wir ein Weilchen geredet und den Ausblick genossen hätten und er mir gezeigt hätte, wie man Kühe mit dem Lasso fängt –«

»Dann ein Aufeinandertreffen eurer Lippen?«

»Genau.«

»Dann sag ihm doch, was du willst. Sag ihm ›Siehst du, Christopher, ich hab dich gern, aber mir wär es viel lieber, wenn du den Mund hältst und mich küsst.‹«

Rox lachte.

»Das ist ungefähr, was ich am liebsten sagen würde. Aber das kann ich jetzt nicht mehr sagen, weil du es ja schon gesagt hast.«

»Nur zu, das erfährt ja keiner!«

»Klar doch. Als wenn ich einen Jungen dazu bringen wollte, mich zu küssen, indem ich die Worte von jemand anderem dazu verwende.« Rox setzte sich wieder hin. »Weißt du was? Mein Dad hatte diese tolle neue Idee, ein paar Leute von hier zu fragen, ob sie beim Filmfestival mithelfen. Er will Christopher fragen, ob er das macht.«

Darby gab einen Schnaufer von sich. »Keine Chance. Es ist am selben Abend wie das Rodeo.«

»Du hast ja Recht. Ich werde es gar nicht erzählen. Es wär einfach gemein, wenn er sich entscheiden müsste, ob er mit mir zu was geht, das ihm überhaupt nicht gefällt, oder auf ein Rodeo.«

»Außerdem würde er das Rodeo dir vorziehen. Egal, *wie* romantisch er auf einmal geworden ist.«

»Eigentlich würde ich schon gern mit ihm zu dem Rodeo gehen. Aber Daddy erwartet, dass ich auf dem Festival bin, und mir bleibt fast nichts anderes übrig.« Sie legte sich auf das Bett zurück und starrte an die Decke. »Aber trotzdem wär es schon gut, mit Christopher auf dem Rodeo zu sein. Ich möchte all das machen, was er auch macht, und mit ihm dahin gehen, wo er sich wohl fühlt. Und das Rodeo ist exakt seine Welt. Er hat mir heute davon erzählt. Er hat schon zweimal versucht, einen Bullen zu reiten, aber er ist noch nie lange genug oben geblieben. Er will es aber auf jeden Fall schaffen. Das wär echt toll, wenn es klappen würde. Ich meine, das ist der echte Christopher. Ich wollte sagen – ein Typ, der hart arbeitet und ehrlich und offen und anständig ist, und aus irgendeinem Grund versucht, Bullen zu reiten, die nicht geritten werden wollen.«

»Du hörst dich an, als ob du von einer völlig anderen Person reden würdest, als die, mit der du heute unterwegs warst.«

Rox zuckte mit den Schultern. »Meistens, wenn wir einfach geritten sind, oder wenn er mir gezeigt hat, wie man ein Lasso schwingt, oder manchmal, wenn er bloß schnell irgendwas gesagt hat, war er der Christopher, den ich kenne. Aber dann ... ich weiß auch nicht. Dann ist es manchmal, als ob er mich an jemand anderen erinnern würde. Ich kann bloß nicht rausfinden, an wen.«

»Ich glaub aber *trotzdem* nicht, dass Christopher auf das Filmfestival von deinem Dad gehen will.«

»Nein«, meinte Rox lachend und machte ihr Buch wieder auf. »Ich würde ihn auch nicht fragen, es sei denn, ich wollte ihm echt was Böses.«

Kapitel 10

Am Donnerstag putzte Christopher zusätzlich zu seiner Arbeit auf der Farm und den Hausaufgaben seinen Truck von vorne bis hinten. Er polierte ein paar gute schwarze Schuhe, bis sie glänzten. Er bürstete seinen besten Hut und bog ihn zurecht, indem er die Krempe über den Wasserdampf des Teekessels auf dem Küchenherd hielt. Dann verbrachte er eine ganz Weile damit, seine Fingernägel komplett sauber und alle auf eine Länge geschnitten zu kriegen.

Am Freitagmorgen erledigte er wie immer alle seine Arbeiten vor der Schule, aber heute achtete er darauf, dass er die ganze Zeit Handschuhe trug und seine Fingernägel in dem neuen tadellosen Zustand blieben. Und er verschob eine Arbeit, bei der er Dünger gebraucht hätte …

Nach der Schule fuhr er sofort nach Hause und zog seine sauberen Jeans an, die polierten Schuhe und ein gebügeltes und gestärktes Hemd. Er kämmte sich die Haare und rasierte die paar Barthaare ab, die auf seinem Kinn wuchsen. Er benutzte ein Aftershave und sah sich dabei im Badezimmerspiegel an.

Er hatte noch nie ein entmutigenderes Bild gesehen. Seine Haare waren zu lang, aber er konnte sie nicht abschneiden, weil er das Hörgerät im Ohr verbergen musste. Aber was ihm mehr Sorgen machte, war sein Gesicht. Er sah aus wie ein Mann, der sich anschickte, den letzten schweren Gang auf den elektrischen Stuhl zu machen.

»Du hast Schiss«, bekannte er vor seinem Spiegelbild. Dabei war es eigentlich blöd, sich solche Sorgen zu machen, denn schließlich würde er die ganze Zeit über Michael in seinem Ohr haben, der ihm die richtigen Worte zuflüsterte, um Rox glücklich zu machen – zumindest zu Anfang. Aber dann: Michael konnte ihm nicht beim Tanzen helfen. Christopher kannte genau einen Tanzschritt – den Twostepp. Und nicht mal dabei war er besonders toll.

Und dann war da der Kuss.

Allein beim Gedanken daran wurde ihm wegen einer Mixtur heftiger Gefühle – Furcht und Sehnsucht und noch mehr Furcht und noch mehr Sehnsucht – ganz schlecht. Die eine Minute hätte er liebend gerne die Ranch und seinen rechten Arm für eine Gelegenheit, sie sanft zu küssen, eingetauscht. Und das Gefühl war so mächtig und unwiderstehlich, wie die Erdrotation. Aber im nächsten Augenblick ließen derselbe Gedanke, dieselbe Vorstellung, dass er sie küsste, den Wunsch in ihm aufsteigen, sich unter seinem Bett zu verstecken.

Michael konnte ihm bei dem Kuss nicht helfen.

Aber wenn du so weit kommst, sagte er sich grimmig, dann musst du ihr von Michael erzählen. Er würde Michael zu Beginn der Verabredung in Anspruch nehmen, aber er konnte ihn nicht dazu benutzen, sie mit seiner Hilfe zu küssen. Nein. Er konnte sie nicht küssen und dabei was vorspielen, das gar nicht stimmte. Wenn es also danach aussah, dass ein Kuss entfernt möglich war …

Okay. Sag's ihr. Und dann würde sie ihm eine knallen und wegrennen, und er musste sich keine Sorgen mehr machen, wie das mit dem Küssen war.

Er sah auf die Uhr. Es war Zeit.

Er ging ins Wohnzimmer hinüber. Seine Mutter sah sich eine Serie im Fernsehen an und machte ein Puzzle. Sie blickte ihn an und lächelte.

»Siehst gut aus, Christopher«, sagte sie.

»Danke, Ma'am«, sagte er in einem Wen-interessiert-es-schon-wie-ich-aussehe-Ton, der sich nur verzweifelt anhörte.

Seine Mutter lachte. »Es ist ein Date, Schatz. Versuch doch mal auszusehen, als ob du zu einem Ball gehen würdest und nicht wie zu einer Beerdigung. Lächle mal.«

»Ja, Ma'am«, sagte er. Er zwang sich zu lächeln.

Seine Mutter stöhnte auf. »Vielleicht musst du doch nicht lächeln.«

Er nickte.

»Es ist also ein ganz besonderes Mädchen, oder?«

Er war verblüfft. »Ganz besonderes?« Woher wusste sie, dass Rox was ganz besonderes war?

Seine Mutter stand auf und kam zu ihm herüber, um seinen Kragen glatt zu streichen. »Ich kann es sehen«, sagte sie. »Bei euch MacAvoys steht die Wichtigkeit von irgend 'ner Sache meist in direktem Bezug dazu, wie verängstigt ihr ausseht, so als würde euch gleich schlecht werden.«

Christopher lachte, ein richtiges Lachen, das seine Anspannung ein bisschen vertrieb. »Wenn das so ist, dann muss sie wohl was Besonderes sein«, sagte er.

»Nun, sie kann sich glücklich schätzen«, meinte seine Mutter. »Jedes Mädchen, das mit dir ausgeht, kann sich glücklich schätzen. Wer ist es?«

»Rox Maslow.«

»Craig Maslows Tochter?«, fragte seine Mutter, die Augen auf einmal weit aufgerissen.

»Ja, Ma'am.«

»Nun … keine Sorge, sie kann sich trotzdem glücklich schätzen«, sagte seine Mutter und versuchte angestrengt, ihre eigenen Zweifel zu verbergen.

Christopher seufzte abgrundtief.

Zu seiner Erleichterung verlief das Treffen mit Craig Maslow kurz und schmerzlos. Mr Maslow sagte Hallo. Christopher sagte ebenfalls Hallo. Sie schüttelten sich die Hände. Er schien zu Christophers Verwunderung ein ziemlich normaler Mensch zu sein. Er fragte, wann Christopher vorhabe, Rox wieder zurückzubringen und Christopher sagte es ihm. Dann sah er Christopher tief in die Augen und meinte, er wolle nicht hören, dass Christopher getrunken hätte und anschließend gefahren sei.

»Ich trinke keinen Alkohol, Sir«, sagte Christopher.

»Gar keinen?«, fragte Mr Maslow verdutzt.

»Nein, Sir.«

»Oha«, sagte Mr Maslow nachdenklich. »Weißt du, lass das mit dem ›Sir‹. Sag Craig zu mir.«

»Ich glaub nicht, dass ich das kann, Sir«, antwortete Christopher.

»Magst du Filme?«

Christopher zuckte mit den Schultern. »Ich seh nicht so viele. Ich schau mir manchmal einen alten mit Clint Eastwood im Fernsehen an. Oder ›The Duke‹.«

Maslow lachte, aber nicht unfreundlich. »Warum wundere ich mich nicht, dass du ein Fan von Clint Eastwood bist und nicht von John Wayne. Wie steht's mit Dayton Hill?«

Christopher sah überrascht aus. »Ich glaub, das wär der einzige Star, den ich wirklich gerne kennen lernen würde«, sagte er.

»Er ist der Clint Eastwood der Neunziger«, sagte Mr Maslow. »Er wird den Westernfilm ganz alleine zurückbringen. Wusstest du, dass sein letzter Film einhundertzehn Millionen eingespielt hat? Und das sind nur die Einnahmen in den USA. Im Nahen Osten und in Südamerika kommt er *ganz groß* raus, bei dem ganzen Machogetue, das sie dort haben. Ganz groß.«

»Ja, Sir«, sagte Christopher, der keine rechte Vorstellung von dem hatte, was Mr Maslow redete. »Ich bewundere Dayton Hill wirklich.« Da kam Rox gerade die Treppe runter und das Gespräch endete abrupt.

Sie trug ein Kleid, so kurz, dass einige Kilometer Bein zu sehen waren und das aus einer seidenartigen Substanz gemacht war, die flüssig zu sein schien.

Er war hin und her gerissen zwischen dem Drang, sich zu verbeugen und sie anzubeten, seinen Hut in die Luft zu werfen und »Yahoo!« zu schreien oder zur Tür zu rennen, und in der Dunkelheit zu verschwinden.

Es ist unmöglich, dachte er, dass es solche Schönheit gibt, in einer Welt, die voll normaler Sterblicher ist, wie ich es bin. Irgendein Grundgesetz des Universums wurde hier verletzt. Es war grotesk, sich vorzustellen, dass sie der menschlichen Rasse angehörte. Und noch verrückter, sich vorzustellen, dass sie den Abend heute mit ihm verbringen wollte.

»Hi, Christopher«, sagte sie fröhlich. Sie ging zu ihrem Vater und gab ihm einen Kuss auf die Wange. »Du hast Christopher doch nicht ins Kreuzfeuer genommen, oder?«

»Ich hab inzwischen rausgefunden, dass er höflich und respektvoll ist, dich zwei Stunden früher heimbringen möchte, als ich verlangen wollte und keinen Alkohol trinkt«, sagte Mr Maslow. »Der Albtraum jedes Vaters«, witzelte Mr Maslow.

»Er hat die kleine Verurteilung wegen Mord doch nicht erwähnt, oder?«, neckte Rox.

»Plus«, sagte Mr Maslow, »dass er ein großer Dayton-Hill-Fan ist, was weitaus beruhigender ist, als wenn er ein Charlie-Sheen-Fan wäre.«

Christopher lief zu seinem Truck voraus, der zwischen einem der Landrover und einem roten Lamborghini geparkt war.

Er hielt die Beifahrertür für Rox auf und nahm ihre Hand, um ihr dabei zu helfen auf den Sitz zu klettern.

Christopher lief zur anderen Seite hinüber und stieg neben ihr ein. Zum Glück lief der Motor ohne große List und Tücke an.

Das war ein Fehler, wurde Christopher klar. *Ich passe zu*

ihr ungefähr so gut, als wenn ich bei der Königin von England Tee schlürfen würde. Wenn nur Michael da wäre. Aber Christopher hatte entschieden, dass er mit der Fahrt in die Stadt selbst fertig wurde. Was war er nur für ein Idiot gewesen! Jetzt wusste er nicht, was er sagen sollte. Er saß neben einem Mädchen, das aus einer anderen Welt kam, eine andere Spezies, ein Wesen, das aus allem war, das fein, fehlerlos und einfach unglaublich klasse war. Aber er konnte sie nicht lieben. Er konnte sie nur aus der Ferne anhimmeln.

»Ich bin noch nie zu einem Schulball gegangen«, sagte Rox. »Wie sind die denn so?«

»Ähm ... na ja, ganz normal eben. Nichts Besonderes.«

»Glaubst du, dass das Kleid okay ist?«, fragte Rox. »Ich wusste nicht, ob man da was Edles anzieht, oder nicht.«

»Das Kleid?«, sagte er und wollte gar nicht zu sehr über das Kleid nachdenken.

Sie sah besorgt aus. »Oh nein. Es passt nicht zu heute Abend, oder? Zu viel? Zu auffällig? Ist es das?«

Er umklammerte das Lenkrad. Wenn doch nur Michaels Stimme jetzt in seinem Ohr wäre. Michael wüsste, was man nun sagen musste.

»Wir können umkehren«, sagte Rox plötzlich. »Dreh um und ich zieh was anderes an.«

»Nein«, sagte er.

»Ich will dich nicht blamieren«, meinte Rox.

»Du ... du blamierst mich nicht«, sagte er schließlich.

Rox sah ein bisschen pikiert drein. »Na, das ist ja schon mal ein dickes Lob«, sagte sie. »Ich *blamier* dich nicht.«

»Du …« Er holte tief Luft. »Du blamierst mich nicht. Wirklich. Du … du … du machst mir ein bisschen Angst.«

»Ich mach dir Angst?« Sie dachte darüber nach. »Warum sollte ich dir Angst machen?«

Seine Augen blickten sie eine Sekunde an. »Weil, … ich nichts sagen kann.«

Sie lächelte. »Du kannst doch immer was sagen, wenn du mal angefangen hast, scheint mir.«

Wenn Michael mir erzählt, was ich sagen soll, dachte Christopher wütend. *Nur ist er jetzt nicht da.*

»Die Sache ist die … kannst du dich an die Geschichte erinnern, die wir letztes Jahr durchgenommen haben? Die über – wie hieß er noch … Ikarus?«

»Klar«, antwortete Rox. »Er wollte fliegen, also hat er sich Flügel aus Federn und Wachs gemacht. Aber dann ist er zu nah an der Sonne vorbeigeflogen und das Wachs ist geschmolzen.«

Christopher nickte. »Das ist die Story. Ein ganz gewöhnlicher Junge versucht zu fliegen und am Ende landet er wieder unten auf der Erde.«

Rox lachte. »Aber was hat das mit uns zu tun? Ikarus ist zu nah an der Sonne vorbeigeflogen. Es ist Abend und dunkel.«

Christopher nickte. »Die Sache ist nur … Du bist die Sonne.« Rox lächelte ein wenig traurig. »Das ist echt schön, dass du das gesagt hast. Würdest du mir jetzt einen Gefallen tun, und an die Seite fahren?«

»An die Seite fahren? Oh! Willst du, dass ich dich wieder nach Hause bringe?«

»Nein, ich will nur, dass du am Straßenrand anhältst.«

Christopher machte, worum sie gebeten hatte.

»Jetzt schalt das Licht und den Motor aus«, wies Rox ihn an.

Christopher machte auch das. Die Stille der Nacht legte sich um sie. Über ihnen war eine Fülle von Sternen. Ein kühler Wind wehte ins Tal hinunter und brachte den sauberen Geruch von Gras und gutem Boden mit sich.

»Das ist unser erstes richtiges Date, nehm ich an«, sagte Rox. »Aber wir waren zusammen reiten, gestern, richtig? Also könnte es irgendwie auch unser zweites Date sein.«

Christopher sagte nichts.

Er wartete fast zitternd auf die freundlichen, aber eindeutigen Worte, die ihn ein für alle Mal ins Nichts zurückbefördern würden, weit weg von ihr.

»Und ich weiß, dass hier in der Gegend die Mädchen nicht so aggressiv sind, aber ich glaub nicht, dass dieses Date besonders gut funktionieren wird, wenn wir nicht vorher was klären.«

Christopher nickte ernst. *Vorher etwas klären – du hast einen furchtbaren Fehler begangen und du willst, dass ich dich nach Hause bringe. Ich verstehe.*

»Folgendes, Christopher: Ich möchte, dass du mir einen Kuss gibst.«

Christopher nickte wieder. *Dir einen Kuss geben. Ja, ich verstehe. Du möchtest –*

»Was?«

»Du hast es gehört«, sagte Rox. »Ich möchte, dass du mich küsst.«

Christopher hörte, wie ein winselndes Geräusch aus seiner Kehle drang.

»Wirst du mir einen Kuss geben oder nicht?«, fragte Rox nachdrücklich. »Ein einfaches Ja oder Nein. Du musst überhaupt keine großen Reden schwingen, deswegen. Ja oder Nein?«

Christopher holte tief Luft, was seinem Gehirn aber keinerlei Sauerstoff zuzuführen schien. Er erkannte das Gefühl, das er jetzt spürte, wieder und es machte ihn überhaupt nicht stolz. Es war Angst. Absolute Panik. Wie beim ersten Mal, als er auf den Rücken eines Bullen gestiegen war. Er war in weniger als zwei Sekunden abgeworfen worden. Es hatte wehgetan und er schämte sich. Er hatte sich damals auch davor gefürchtet und es hatte sich als genauso schlimm herausgestellt, wie er es befürchtet hatte.

Sie war nur einen halben Meter von ihm entfernt, lehnte sich gegen das Rückenpolster, das Gesicht zu ihm gedreht. Ihre Augen blickten ihn ernsthaft an. Sie schluckte, als wäre sie genauso nervös. Sie biss sich auf die Lippen, als ob sie genauso unsicher wäre. Sie wartete darauf, dass er Ja oder Nein sagte.

»Ja«, sagte er und fühlte, wie sich alles in ihm zusammenzog.

Sie drehte sich zu ihm hin. Er bemerkte, wie ihr Kleid sich an sie schmiegte. Er bemerkte, wie eines ihrer Knie sich an seinen Oberschenkel drückte. Das bemerkte er ganz eindeutig.

Er fiel. Er fiel in sie hinein. In einen tiefen, dunklen Schacht. Er geriet in ihre Anziehungskraft und konnte ihr nicht mehr widerstehen. Er konnte ihren Atem in seinem Gesicht spüren. Er fühlte die Wärme, die ihre Haut ausstrahlte. Er sah nur ihre Augen, sogar noch, nachdem er seine eigenen geschlossen hatte.

Seine Lippen berührten ihre. Der Wind stand still, die Erde drehte sich nicht mehr, jedes Lebewesen hielt seinen Atem an.

Ihre Lippen waren sehr warm und weich und zitterten. Sie öffnete sie nur ein kleines bisschen.

Er verbrannte. Er brüllte innerlich. Sein Herz hämmerte. Jeder einzelne Muskel in seinem Körper spannte sich an und zitterte. Er hatte das sichere Gefühl, dass er jeden Moment ganz einfach explodieren würde.

Dann war es vorbei.

Zum ersten Mal seit einer Stunde – das Gefühl hatte er zumindest – holte er wieder Luft.

»Das war schön«, sagte sie mit einer Stimme, die mehrere Oktaven tiefer war als sonst. »Und jetzt, nachdem wir das geregelt haben, können wir weiter zu dem Ball fahren. Jetzt können wir einfach ganz normal sein.«

Aber Christopher wusste nun ganz sicher, dass sie da falsch lag. Er würde nie wieder normal sein. Er war verloren. Er war zerstört. Er war Ikarus, wie er auf die Erde zuraste.

Er war nicht verknallt.

Er war verliebt.

Kapitel 11

Christopher hatte das kleine Mikrofon, das in seinem Ohr versteckt war, völlig vergessen, als sie in die Stadt kamen. Wenn man es genau nahm, hatte er mittlerweile sogar ein paar Mal seinen Namen vergessen. Aber er wurde an beides erinnert, als Michaels Stimme mit dem New Yorker Akzent auf einmal in seinem Ohr explodierte.

»Christopher, Kumpel. Ich seh, dass dein Truck näher kommt. Bist du okay, Mann?«

»Aah!«, rief Christopher plötzlich. »Entschuldige«, meinte er zu Rox. »Ich hab mir auf die Lippe gebissen.«

»Sieht so aus, als wärst du noch am Leben. Wenn du okay bist, klopf zweimal aufs Mikro. Wenn du Panik hast und inzwischen alles komplett versaut hast, klopf dreimal.«

Christopher warf einen heimlichen Blick zu Rox hinüber. Sie sah aus dem Fenster. Er ließ die Hand auf seine Taille sinken und klopfte zweimal auf den Sender.

»Ich hab's. Cool. Hast du ihr gesagt, wie schön sie ist?«

Christopher dachte einen Moment lang nach. Hatte er Rox gesagt, dass sie schön war? Er hatte es auf jeden Fall gedacht. Aber hatte er's gesagt? Wahrscheinlich nicht. Und das hätte er tun sollen, rügte er sich streng. Sie hatte sich megatoll angezogen, sie roch so gut, dass es zum Wahnsinnigwerden war, ihre Haare schimmerten und glänzten und all das. Er hätte ihr sagen sollen, dass sie schön war.

»Sag … ähm … okay, sag – Rox, du bist so wunder-

schön, über jegliche Vorstellungskraft hinaus, wie ich es nie erwartet hätte.«

Christopher rutschte ein wenig auf seinem Sitz umher. Irgendwie passte das nicht mehr richtig. Eigentlich war es nie richtig gewesen, aber es war in diesem Augenblick noch weniger okay. Aber Michael wusste doch, wovon er sprach, oder? Christopher hätte Rox wirklich sagen sollen, wie schön sie aussah.

»Ähm, Rox? Ich ... Ich wollte dir sagen, dass du wunderschön bist, über jegliche Vorstellungskraft hinaus, wie ich es nie erwartet hätte.«

Zu seiner Überraschung schien Rox etwas verwirrt. Ein Schatten legte sich über ihr Gesicht. »Danke, Christopher. Und übrigens, du siehst auch toll aus.«

Sie waren bei der Schule angekommen. Kids quollen aus Autos und Trucks heraus, Jungs, die wie Christopher angezogen waren, Mädchen in unterschiedlichsten Klamotten, mit hochhackigen Schuhen und winzigen Handtaschen.

Christopher parkte und lief um das Auto zu Rox' Tür. Und wieder nahm sie ihm einfach den Atem.

Als hätte er Christophers Gedanken gelesen, sagte Michael. *»Erzähl ihr, dass sie dir den Atem nimmt.«*

»Du nimmst mir den Atem«, sagte Christopher, als er ihr die Hand reichte, um ihr die Stufen am Truck hinunterzuhelfen.

»Du fängst jetzt aber nicht wieder damit an, dass du Angst vor mir hast, oder?«, fragte Rox scherzhaft.

Christopher vernahm spöttisches Lachen in seinem Ohr. *»Du hast ihr erzählt, dass du Angst vor ihr hast? Bitte sag,* *dass du das nicht getan hast. Jetzt bist du ihr komplett ausgeliefert!«*

»Ich glaub, ich werd immer ein bisschen Angst haben«, sagte Christopher, weil ihm nichts Besseres einfiel und Michael immer noch lachte.

Rox legte ihm einen Arm um und lehnte sich hinüber, um ihm einen ganz winzigen Kuss auf die Lippen zu geben. »Da. Sieht so aus als müsste ich das jedes Mal machen, wenn du anfängst, zu ängstlich auszusehen.«

»Sie hat dich geküsst!«

Christopher musste den Wunsch unterdrücken, sich umzudrehen und Michael zu suchen. Offensichtlich konnte Michael sie sehen. Das war ein wenig beunruhigend. Es war außerdem merkwürdig, wie sehr er sich darüber aufregte.

»Sie hat dich geküsst. Wieso denn das? Das war doch gar nicht geplant, das sollte doch erst viel später passieren. Warum haben wir einen Plan aufgestellt, wenn du es jetzt einfach ganz anders machst?«

★

Michael schüttelte den Kopf. Na toll! Er hat sie geküsst. Ganz allein. Verdammt! Noch mal so was und Christopher würde denken, dass er nun alleine zurechtkäme.

Und dabei war es einfach unabdingbar, dass Christopher unsicher blieb. Unabdingbar.

Michael saß nur hundertfünfzig Meter entfernt in seinem Auto, versteckt im Dunkel am andern Ende des Parkplatzes. Sein Fernglas war auf Christopher und Rox gerichtet, als sie nach drinnen gingen und sich unter die Leute beim Eingang der Turnhalle mischten. Er konnte den Lärm hören. Westernmusik. Oh, diese Hinterwäldler würden mit ihren Stiefeln durch die Gegend stampfen und da drin bald einen unglaublichen Krawall veranstalten, dachte er verächtlich.

Er hörte die Musik deutlich durch seine Kopfhörer. Die Musik, Stimmen und von Zeit zu Zeit das Knurren von Christophers hungrigem Magen.

Rox' Stimme verlor sich mehr und mehr und das machte ihm zusätzlich Sorgen. Ihre Stimme wurde von all dem anderen Krach übertönt. Es erforderte äußerste Konzentration, dem zu folgen, was sie sagte und Christopher die entsprechenden Antworten zu liefern.

Er sollte sich wirklich dafür bezahlen lassen, dachte er. Aber eigentlich würde er ja sowieso bald dafür belohnt werden, versicherte er sich selbst. Der Gedanke munterte ihn ziemlich auf.

Er schaltete das Mikrofon ein. »*Sag ihr, dass die anderen Mädchen wie Ackergäule aussehen*«, meinte er bösartig. »*Nein, nein, vergiss es.*« Es war noch nicht an der Zeit, seine wahren Gefühle preiszugeben. Noch ein bisschen Geduld. »*Sag ihr, dass du dich wie unsichtbar fühlst, wenn du neben ihr stehst, weil alle nur sie anstarren.*«

Er schaltete das Mikrofon aus. »Nicht schlecht«, kommentierte er. »Gar nicht so schlecht, der Satz. Ich könnte das ja irgendwann mal in 'nem Drehbuch verwenden.« Er hörte zu, wie Christopher den Satz anbrachte. Ganz gut. Er gab sich Mühe, Rox' Antwort zu hören. Gut.

Er nahm einen Schluck Mineralwasser aus einer kleinen Plastikflasche. Er schaltete das Mikro wieder ein. »*Sag ihr, dass es jedem einzelnen Typen da drin das Herz zerfrisst vor Neid. Und dann, wenn sie das schluckt, frag sie, ob sie mit dir tanzen will.*«

»Oh, das wird sie schon schlucken«, sagte eine Stimme.

Michael sprang vor Schreck hoch. So hoch, dass er mit dem Kopf gegen das Autodach schlug. Er fuhr erschrocken herum. »Wer ist da?« Er musste die Augen zusammenkneifen, um im Dunkeln besser zu sehen. »Julia?«

Julia Ardmore lief auf die andere Seite des Wagens und schlüpfte auf den Sitz neben ihm.

Er sah sie mit unverhohlenem Entsetzen an. Sie würde alles ruinieren. Warum hatte er sie nicht gehört, als sie zum Auto gelaufen kam? Wie hatte er so unvorsichtig sein können? Und gab es eine Möglichkeit, sie dazu zu bringen, dass sie den Mund hielt?

»Ich hab 'ne Weile gebraucht, bis ich das Ganze kapiert hab«, sagte Julia im Plauderton. »Du bist wirklich ein ziemlich mieser Typ, hab ich Recht, Serrano?«

»Hm, warum haust du nicht einfach ab«, fuhr Michael sie an. Er machte eine Schießbewegung mit seiner freien Hand. In seinem Ohr sagte Rox etwas zu Christopher, und Christopher gab überhaupt keine Antwort.

»Okay«, meinte Julia vergnügt. »Ich hau ab, wie du willst. Dann geh ich aber rein und erzähl Roxana alles.«

Michael lächelte großspurig. »Also los, mach's doch. Ich versuche nur, dem armen Christopher zu helfen. Ich meine, dem Jungen hatte es die Sprache verschlagen. Er hat förmlich um Hilfe gebettelt, damit Rox auf ihn aufmerksam wird.«

Er streckte seine Hände in gespielter Unschuld aus. »Ich versuche nur, mich dem armen Typen als Freund zu erweisen.«

Zu Michaels Erstaunen lachte Julia. Es war ein nettes, langes Lachen, das ihre perfekten weißen Zähne zum Vorschein brachte.

»Ja, das sieht dir ähnlich, Serrano. Du willst der Freund von jemandem sein. Das genau ist es, was mich stutzig gemacht hat. Siehst du, ich bin gestern zufällig ständig in deiner Nähe gewesen, als du herumgefahren bist und Christopher mit deinen Sprüchen versorgt hast. Zuerst dachte ich, hmm, was macht Serrano hier draußen? Ich dachte, er lebt auf einem anderen Stern.«

»Die Leute haben ganz falsche Vorstellungen von mir«, erklärte Michael.

»Dann hab ich gesehen, wie du in ein Mikrofon gesprochen hast. Dasselbe Mikrofon«, meinte sie und zeigte darauf. »Also hab ich meinen Funk angeschaltet, und was höre ich? Michael Serrano spielt den großen Helfer. Dann hat sich die Frage gestellt – warum, warum, warum?«

»Weil ich helfen wollte, wie du's ja selbst gesagt hast.«

»Das hab ich auch in Betracht gezogen ... etwa zwei Sekunden lang. Dann hab ich mich gefragt, was will er dabei eigentlich für sich? Es hat eine Weile gedauert, aber ich hab's rausgefunden. Übrigens, hallo!, vernachlässige deine Pflichten nicht.« Sie zeigte auf das Mikrofon. »Ich will nicht, dass Christopher nun alles ruiniert.«

»Sie reden nicht, sie tanzen«, erklärte Michael. »Okay, dann sag mir, was ich für mich will, wie du es so schön nennst?«

»Oh, ganz einfach, du bist hinter Rox Maslow her. Abgesehen davon, dass du in Wirklichkeit hinter Craig Maslow her bist. Rox ist dir völlig egal. Du bist hinter dem Geldsack her.«

»Du kennst mich kein Stück, Julia«, sagte er. »Wie kommst du darauf?«

Einen Moment lang schien Julia überrascht. Sie senkte ihren Blick und biss sich auf die Lippe. »Ich weiß mehr über dich, als du denkst, Serrano. Ich weiß, dass du Drehbuchautor werden willst und dass du dich schon für die University of California in L.A. beworben hast, weil du auf die Filmschule gehen möchtest, und ein Kontakt zu Craig Maslow würde dir das Leben im Spinner-Hollywood total leicht machen.«

Michael war sprachlos. Woher wusste sie das alles? Sie hätte all seine Freunde ausfragen müssen, um an die Infos zu kommen, und da er nicht sehr viele Freunde hatte …

»Na ja«, sagte Julia. »Ich kenne deinen Plan. Siehst du, Rox mag Christopher und er sie. Rox denkt, Christopher ist so eine Art Musterknabe von Montana. Sie denkt, dass er ehrlich ist, geradeheraus und unheimlich nett und offen. Besonders ehrlich, im Gegensatz zu … na ja, zu bestimmten Leuten in diesem Auto hier. Also sorgst du dafür, dass sie und Christopher zusammenkommen. Dann, zum richtigen Zeitpunkt, wenn sie sich so richtig in ihn verknallt hat, kommst du und sagst ›Liebe Rox, es war alles absoluter

Schwindel. Christopher ist ein hinterhältiger Lügner und hat mich benutzt, um dich zu kriegen. Es waren aber *meine tiefsten Gefühle*, von Christopher nur ausgesprochen, in die du dich verliebt hast. In mich, Michael, hast du dich verliebt, ohne dass du's wusstest.‹«

Michael rutschte hin und her. Ihm war ziemlich unbehaglich zumute. Sie hatte es erfasst und es half nichts, wenn er es ableugnete. »Ich nehme an, du wirst mir jetzt eine Predigt halten, was für ein Ekel ich bin, oder?«

»Nein.«

»Nein?«

»Nein«, meinte Julia. »Ich finde es genial. Und mir passt es perfekt. Weißt du, ich bin mal mit Christopher gegangen. Und ich will ihn zurückhaben.«

Michael starrte sie an. Es war merkwürdig, er hatte sie in der Schule auf den Gängen gesehen und beim Cheerleading vor den Spielen der Footballmannschaft und in der Stadt. Trotzdem hatten sie noch nie miteinander gesprochen. Und er hatte ganz sicher noch nie bemerkt, dass sie ziemlich gut aussah.

Aber das kommt daher, dachte er, dass wahre Schönheit von innen kommt und er hatte bisher ja noch nie etwas über sie gehört.

»Also, wann wirst du den Stecker ziehen und Rox und Christophers glückliche kleine Welt zerstören?«, fragte Julia. »Ich möchte zusehen.«

Sie sah wirklich gut aus. »Heute noch«, sagte er. »Wenn der Ball aus ist und sie ganz happy ist über den Abend und anfängt zu denken, dass sie ihn wirklich liebt. Das ist der

Augenblick, in dem ich die Bombe zum Platzen bringe.«
Michael lachte laut und Julia schloss sich ihm an. Es klang nicht gerade freundlich.

Julia blieb noch eine Weile bei Michael. Er arrangierte es so, dass sie alles hören konnte, was auch er hörte, und sie saß neben ihm im Dunkeln und hörte der Unterhaltung zwischen Christopher und Rox zu.
Sie half sogar und steuerte Text bei, wenn Michael müde wurde von der ständigen Anforderung, nette Dinge zu sagen.

»Sie ist auf die Toilette gegangen«, beobachtete Michael. »Wir brauchen irgendwas Neues, wenn sie wiederkommt.«

»Glaubst du, er kommt mit einem Gedicht klar?«, fragte sie Michael. Der zuckte mit den Schultern. »Ist doch dein Ex. Was meinst du?«

»Versuchen wir's«, meinte Julia. »Wenn es funktioniert, wird sie begeistert sein.«

»Okay.« Er hörte kurz zu. »Er sagt, dass sie zurückkommt.« Er schaltete das Mikrofon an. »Christopher? Halt dich bereit.« Er drehte sich zu Julia. »Okay, aber sprich nicht, wenn das Mikro an ist.«

Und Julia sagte:

»In ihrer Schönheit wandelt sie
Wie wolkenlose Sternennacht;
Vermählt auf ihrem Antlitz sieh'
Des Dunkels Reiz, des Lichtes Pracht.«

Michael hob überrascht eine Augenbraue, schaltete aber das Mikrofon an und wiederholte die Zeilen für Christopher, mit einer Pause am Ende jeder Zeile. Christopher wiederholte sie dann für Rox.

»Schön«, machte Michael Julia ein Kompliment.

»Lord Byron«, erklärte Julia.

»Uh, wenn ich gewusst hätte, dass ich eines Tages so was wie das hier machen würde, dann hätte ich mehr Gedichte gelesen.«

Julia legte ihm die Hand auf den Arm. »Du machst das gut. Also, ich geh besser ein Weilchen rein. Mein armes Date wundert sich wahrscheinlich schon, wo ich abgeblieben bin.«

»Dein Date, so so!«, sagte Michael.

»Ja, nur, bis ich Christopher wieder zurückhabe.«

»Okay, vergiss nicht da zu sein, wenn ich's den beiden Turteltauben gebe.«

»Das würde ich um nichts auf der Welt verpassen.«

Julia stieg aus dem Auto, drehte sich um, bedachte ihn mit einem Lächeln und entfernte sich genau dreißig Meter. Dann blieb sie stehen und tat so als hätte sie Probleme mit ihrer Strumpfhose. Sie stellte ein Bein hoch auf die Stoßstange eines Autos, hob den Rock so weit hoch, wie sie sich traute und zog sorgfältig ihre Nylonstrümpfe glatt. Es war klar, dass Michael sie beobachten würde.

»Mal sehen, wie dir *das* gefällt, Serrano«, murmelte sie leise.

Für Rox war es ein ziemlich merkwürdiger Abend gewesen, zusammengewürfelt aus völlig unterschiedlichen Situationen, unglaubliche Hochs, die von enttäuschenden Tiefs gefolgt waren und die unmöglich zu einem einheitlichen Bild zusammengepasst werden konnten.

Zuerst war da der Moment gewesen, als sie zu Hause die Treppe heruntergekommen war und Christopher gesehen hatte, wie er auf sie wartete. Ein klares Hoch. Süß war ein zu süßes Wort, um es auf ihn anzuwenden. Er war gut aussehend und stark und obwohl er offensichtlich nervös war, hatte er es geschafft, direkt neben ihrem Vater zu stehen und nicht klein oder unreif zu wirken. Eine ziemliche Leistung, denn Rox hatte millionenschwere Filmstars gesehen, die in der Anwesenheit von Rox' Vater zitterten und immer kleiner wurden.

Dann der Kuss. Und wenn sie noch hundert Jahre leben würde, diesen Kuss würde sie nicht vergessen. Es war nicht das erste Mal, dass sie einen Jungen geküsst hatte, aber das hätte es genauso gut sein können, denn von diesem Moment an waren alle anderen Küsse vergessen.

Aber dann!

Auf einmal hatte Christopher mit diesem romantischen, poetischen Gelaber angefangen. Okay, es war schon irgendwie süß. Okay, es war einfühlsam. Aber es war einfach zu viel. Sie war auf die Toilette gegangen, um mit Darby ein bisschen zu klatschen, und als sie zurückkam, hatte Christopher doch echt ein Gedicht aufgesagt!

Byron! Christopher MacAvoy zitierte auf einmal Byron! Gedichte! Von einem Typen, der es das gesamte Jahr davor nicht einmal geschafft hatte, mehr als zwei Worte mit ihr zu reden.

Das war abartig. Nicht, dass sie das Gefühl nicht mochte. Es war schwierig, sich nicht geschmeichelt zu fühlen, wenn jemand sagte, dass man in Schönheit wandelt wie die wolkenlose Sternennacht, aber trotzdem …

Auf der anderen Seite war es einfach wundervoll, wenn sie tanzten. Besonders, wenn es, wie gerade jetzt, ein langsames Lied war und er seine Arme um sie gelegt hatte und sie seinen sehnigen muskulösen Körper spüren konnte.

Schon wunderbar, aber was war das wohl für ein Verhältnis mit einem Jungen, wenn man sich dauernd wünschte, er würde einfach den Mund halten?

Die Musik klang aus, und sie trennten sich unwillig.

»Rox, du verleihst mir ein Gefühl, als sei mein Leben vor diesem Abend völlig ohne Bedeutung gewesen«, sagte Christopher. Rox nickte. »Danke.«

»Ich, ähm, ich muss mal schnell auf die Toilette«, sagte er.

»Wenn man muss, muss man einfach«, witzelte sie, und versuchte, die Stimmung ein bisschen aufzulockern.

»Jeder einzelne Typ hier wird versuchen, dich mir wegzunehmen, während ich draußen bin«, meinte er.

»Ich bin drüben bei den Getränken.« Sie schämte sich dafür, dass sie erleichtert war, als er gegangen war. Sie arbeitete sich zum Getränkestand durch.

 »Seht, seht. Hallo Rox«, meinte Julia, und tauchte aus dem Knäuel Menschen auf, die sich um die Knabbersachen und die Bowle drängten.

»Hallo Julia«, meinte Rox kühl. Das Letzte, was sie jetzt gebrauchen konnte, war irgendwelcher Ärger mit Julia Ardmore.

»Und, amüsierst du dich?«, fragte Julia.

»Ja. Entschuldige mich, ich will was zu trinken.«

»Klar. Es macht sicher durstig, das ganze Umherwandeln.«

Rox sah sie genauer an. Julia grinste wie eine Katze, die gerade einen Kanarienvogel verspeist hatte. »Welches Umherwandeln?«

»Na, du weißt schon, in Schönheit wandeln wie die wolkenlose Sternennacht.«

Rox erstarrte. »Was hast du gemacht, Julia, gelauscht?«

Julia trat näher und dämpfte ihre Stimme zu einem leisen, eindringlichen Flüstern. »Ich muss mit dir reden. *Bevor* Christopher zurückkommt.«

»Was, wenn ich nicht mit dir reden will?«

»Sieh, ich kann dich nicht leiden, du kannst mich nicht leiden, aber glaub mir das eine, Rox. Du *willst* mit mir reden.«

Kapitel 12

Vor der Männertoilette war eine kurze Schlange, also wartete Christopher. Und während er wartete, versuchte er herauszufinden, was an dem Abend schief gegangen war. Am Anfang war alles einfach perfekt gewesen. Aber seit sie zu dem Ball gekommen waren, schien ihm Rox immer zerstreuter. Sogar verärgert.

Es musste an seinem Tanzen liegen. Er hätte Michael nach ein paar Tipps fragen sollen, wie man cool tanzt. Er spähte über seine Schulter zurück, durch die bewegte Menge der Köpfe entdeckte er Rox bei den Getränken. Irgendjemand redete mit ihr. Julia Ardmore, so wie es aussah. Na gut. Wenigstens redete sie mit einem Mädchen und nicht mit einem Jungen.

»Hey, Christopher«, sagte jemand. Er sah genauer hin. Tom Wagner, ein Freund von ihm.

»Hey, Tom. Wie geht's?«

»Kann nicht klagen«, sagte Tom. Er musterte Christopher. »Bist du mit Rox Maslow da?«

»Genau«, sagte Christopher. Er wappnete sich gegen eine von zwei möglichen Reaktionen. Entweder irgendein Blödsinn darüber, dass er mit jemandem von den Hollywood-Spinnern wegging, oder eine schmierige, blöde Bemerkung. In beiden Fällen würde er, wenn auch nicht begeistert, Tom auffordern müssen, mit ihm nach draußen zu kommen, was nicht so glücklich war, denn Tom war gut einsneunzig groß und Verteidiger in der Footballmannschaft.

Glücklicherweise meinte Tom: »Ich schätze, das ist gar nicht so schlecht, dass du und Rox Maslow zusammen seid. Die Leute hier haben sich viel zu sehr in die eine oder andere Gruppe aufgeteilt und machen sich gegenseitig das Leben schwer. Und außerdem ist sie ein Knaller.« Er nickte zustimmend. »Und, schon entschieden, ob du dich fürs Rodeo anmeldest?«

Christopher war erleichtert. Das Rodeo war ein unverfänglicheres Thema. »Ich denk noch drüber nach«, sagte er. »Meine Mutter hält nicht sehr viel davon. Sie will nicht, dass ich mir den Hals breche.«

Tom boxte ihn freundschaftlich in den Arm. »Sei nicht so'n Muttersöhnchen. Und außerdem bist du ziemlich gut. Wie lange bist du oben geblieben? Immerhin zwei ganze Sekunden, als du das letzte Mal mitgemacht hast!«

»Du reitest auf Bullen? Was ist los mit dir? Bist du verrückt?«

Christopher ärgerte sich. Auf einmal wünschte er sich sehnlichst, diese nervige New Yorker Stimme einfach abschalten zu können. Er hatte vergessen, dass Michael immer noch alles hören konnte, was vor sich ging..

Das war's. Er würde dem Ganzen ein Ende bereiten. Sobald er zu Rox zurückkam.

»Hey, werd nicht gleicht sauer«, meinte Tom lachend. »Vielleicht waren es ja auch drei Sekunden.«

Christopher lachte. »*Falls* ich mich für das Rodeo anmelde, dann werden es acht Sekunden.«

»Wenn sie dir dein schmächtiges Hinterteil mit einem Klettverschluss auf den Rücken des Stiers kleben, auf jeden Fall«, spottete Tom. Dann ging er.

Es dauerte noch ein paar Minuten, bis Christopher in die Jungentoilette kam. Während er seine Hände wusch, starrte er lange und streng in das Gesicht im Spiegel. *Ich werd's ihr erzählen*, sagte er lautlos, damit er nicht von Michael und der halben Schule gehört wurde.

Er ging fest entschlossen zu ihr zurück.

Irgendwie hatte sie es geschafft, in den paar Minuten, die er weg gewesen war, sogar noch besser auszusehen, als vorher. Sie empfing ihn mit offenen Armen. Buchstäblich. Sie legte die Arme um ihn und zog ihn an sich. Sie sah ihm mit einem Gesichtsausdruck in die Augen, der ... nicht zu durchschauen war. Zuerst sah sie beinahe wütend aus, trotz des warmen Empfangs. Aber das war schlecht möglich, weil sie so herzlich lächelte.

Und trotzdem, in ihren Augen ...

»Ich bin so froh, dass du zurück bist«, sagte Rox. »Ich hab dich vermisst. Ich werd überhaupt nicht mehr leben wollen, ohne all die tollen Sachen zu hören, die du dauernd zu mir sagst. Wie eben das Gedicht. Das war wunderschön. Es ist genau das, was Mädchen gerne hören. Ich könnte allein von deinen wundervollen Worten leben. Weißt du noch mehr Gedichte?«

Christopher starrte sie einfach nur an. Er war kein großer Kenner von Frauenseelen, aber es war ihm klar, dass sie jetzt irgendwie anders war. Eines war sicher: Das war der Zeitpunkt, um ihr von Michael zu erzählen.

»Ha ha! Sieht ganz so aus, als ob ihr das Gelaber gefällt, was? Gedichte, was? Wart mal 'ne Sekunde.«

Christopher blickte starr vor sich hin und wartete, mit Rox in seinen Armen, die immer noch zu ihm mit einem Blick hinaufsah, der entweder liebevoll oder wütend war. »Mh, Gedichte?«, sagte er mit unsicherem Quietschen in der Stimme.

»Gedichte, ja. Ich finde es wundervoll, wenn du Gedichte aufsagst.«

»Okay ...«

»Soll ich dich einem Sommertag vergleichen?«

»Soll ich dich einem Sommertag vergleichen?«

»Der du viel lieblicher und sanfter bist?«

»Der du viel lieblicher und sanfter bist?«

»Shakespeare?«, fragte Rox.

»Ähm ...«

»Ja. Versuch, von den Gedichten wegzukommen, okay?«

»Ja. Shakespeare.«

»Noch was, bitte, ich hätte gerne noch was«, sagte Rox und drückte ihre Lippen an Christophers Ohr, was ihm ein wohliges Gefühl durch den ganzen Körper sandte.

»Noch mehr Gedichte?«, fragte Christopher und versuchte, damit Zeit herauszuschinden. Er wurde langsam panisch.

»Kennst du keine mehr?«, fragte Rox.

»Oh, ich kenn noch viele«, sagte Christopher.

»Verdammt noch mal, Christopher, übertreib's nicht!«

»Hör auf zu fluchen«, murmelte Christopher leise vor sich hin.

»Was hast du gesagt?«, fragte Rox verblüfft.

»Ich hab mich nur geräuspert«, sagte er. »Ich hab jetzt noch ein Gedicht«, kündigte er an, als er hörte, dass Michael anfing, etwas zu rezitieren. Komisch, aber einen Augenblick lang hätte er schwören können, dass er die Stimme eines Mädchens zusammen mit der von Michael in seinem Ohr gehabt hatte.

»Oh, sag es für mich auf«, drängte Rox.

»Okay, also …«

Das erste Treffen – ihr Gesicht
strahlte wie hellstes Sternenlicht;
Wie Sternenstaub hat sie Sekunden
für mich zur Ewigkeit gewunden.

Christopher seufzte erleichtert. Das war hart gewesen. Wenn er das überstand –

»Das ist wundervoll«, sagte Rox. »Wer hat das verfasst?«

»Wordsworth.«

»Woolworth's«, sagte Christopher. Halt, nein. Das konnte nicht –

»Nein, du Schwachkopf! Wordsworth!«

Christopher schluckte unbehaglich. »Ich meine Wadsworth.«

»Wordsworth. William W-O-R-D-S-W –«

»William Woodsword.«

»Du bringst mich zum Fluchen! Hör mir doch zu – Wordsworth!«

»Meinst du Wordsworth?«, fragte Rox hilfsbereit.

»Das hab ich doch gesagt!«

»Christopher, warum schreist du mich so an?«, fragte Rox und sah gekränkt aus.

»Ich schrei dich nicht an«, rief Christopher. »Es ist nur –«

»Du hast nicht Wordsworth gesagt, du hast praktisch Wal-Mart gesagt, du –«

»Es war Walmart. William Walmart.«

»Das war's. Das reicht. Ich werde jetzt einen höllischen Fluch ausstoßen. Mehrmals.«

»Stimmt irgendwas nicht, Christopher?«, fragte Rox. »Du siehst aus, als würde es dir nicht gut gehen. Schau, deine Stirn ist voller Schweiß. Bist du sicher, dass du okay bist?«

»Super! Jetzt hast du einen Herzinfarkt. Sag ihr, dass … dass du aussiehst, als wär dir schwindlig, weil sie dich schwindlig macht, vor –«

»Bei dir«, keuchte Christopher. »Bei dir wird mir ganz schwindlig.«

»Vor Sehnsucht. Schwindlig vor SEHNSUCHT!«, brüllte Michael.

»Vor SEHNSUCHT!«, brüllte Christopher. Ein halbes Dutzend Leute drehte sich um und starrte herüber.

»Vielleicht reicht es für heute mit den Gedichten«, meinte Rox. »Sie machen dich irgendwie aufgeregt.«

Christopher brach beinahe zusammen vor Erleichterung. »Vielleicht sollten wir ein bisschen Luft schnappen. Vielleicht brauch ich … ein bisschen frische Luft.«

Rox nahm seinen Arm und Christopher ließ sich nach draußen führen. Draußen war es ziemlich kühl geworden. Aber die Luft war zumindest frisch und frische Luft hatte er echt nötig.

»Da war was, über das ich mit dir sprechen wollte«, sagte Rox, auf einmal viel ernster.

Das Wort »sprechen« ließ ihn zusammenzucken. Er zwang sich zu einem zittrigen Lächeln.

»Mein Dad hat sich da was ausgedacht. Du weißt doch von dem Filmfestival, oder?«

Michael legte das Mikrofon hin und stöhnte schwerfällig. »Wow, das war harte Arbeit. Ein Glück, dass du gerade noch rechtzeitig zurückgekommen bist, fast wär das Ganze in die Hose gegangen.«

Julia nickte. »Immer zu Diensten. Wir machen das jetzt doch zusammen, oder?«

Michael dachte kurz nach. Er konnte sich nicht völlig dafür erwärmen. Er hatte an Julia Ardmore nicht als seine Partnerin gedacht. Nicht, dass das etwas ausmachte. Es war sowieso bald Zeit, das Ganze in der Luft zu zerfetzen.

»Ja, wir machen's zusammen«, sagte er zurückhaltend. »Aber es wird bald vorüber sein. Ich hätte ihn eigentlich schwitzen und es selbst regeln lassen sollen, aber Rox war so scharf auf Gedichte, dass ich sie ihr einfach geben musste. Das einzige Problem ist, dass sie später von mir dasselbe erwarten wird.«

»Ich leih dir ein paar Bücher mit Gedichten«, meinte Julia. »So intelligent wie du bist, wirst du keine Probleme haben, ein paar Liebesgedichte auswendig zu lernen.«

Die Schmeichelei entging ihm nicht. Er gab sie großzügig zurück. »Du bist sichtlich auch nicht gerade dumm. Woher kennst du das alles?«

»Och, ich hab ein ziemlich gutes Gedächtnis. Ich lese sie manchmal, wenn ich an Christopher denken muss«, erklärte sie.

»So so«, meinte er. »Findest du wirklich, dass er so toll ist?«

»Auf jeden Fall«, sagte Julia hitzig. »Mir tut Rox fast Leid, weil, ich muss dir sagen – wenn ein Mädchen mal von Christopher geküsst worden ist, ich glaub nicht, dass sie sich dann jemals noch für einen anderen Typen interessieren wird. Ich kenn das.«

»Egal«, meinte Michael mit düsterer Miene. Das Letzte, was er jetzt gebrauchen konnte, waren noch mehr Lobeshymnen auf Christopher. In seinem Ohr konnte er hören, wie Rox Christopher erzählte, dass er beredsam war und ein perfekter Repräsentant der Leute hier im Ort …

Was? Was war das mit den Leuten im Ort?

»Wird langsam Zeit, dass wir durchstarten und das Ganze absägen, oder?«, fragte Julia und warf einen bedeutungsvollen Blick auf ihre Uhr. »Bringen wir's hinter uns. Ich möchte ihre Gesichter sehen!«

»Okay, ja, es wird Zeit.« Er grinste. »Weißt du, du bist ganz anders als ich dachte.«

»Du bist genau wie ich gedacht hab«, antwortete sie.

»Lass uns gehen«, sagte er. Aber dann erregte etwas in

seinem Ohr seine Aufmerksamkeit. Hatte er gerade den Namen Craig Maslow gehört?

»Warte«, meinte er und konzentrierte sich. »Ich versuche nur zu hören –«

Plötzlich schoss seine Hand vor und er umklammerte das Armaturenbrett so fest, dass sich seine Finger in den Kunststoff gruben. »Ja! Ja! Ja!«, rief er.

Er schaltete das Mikrofon ein. »Sag ja! Sag ja, dass du es machen willst. Hör zu, Christopher, du wolltest doch wissen, wie du mir meine Hilfe zurückzahlen könntest? Das ist es. Die Antwort heißt Ja.«

»Mein Dad hat sich gedacht, dass es gut wäre, weißt du, ein paar Leute von hier zu haben, die bei der Preisverleihung helfen könnten«, sagte Rox.

In Christophers Ohr brüllte eine beinahe hysterisch klingende Stimme *»Ja! Ja! Ja!«*

Christopher hatte das Gefühl, dass er augenblicklich auch hysterisch werden würde. Das war absolute mentale Überbelastung. Er war völlig erschöpft, weil er dauernd versuchte zuzuhören und alles, was Michael sagte, wiederzugeben, obwohl Rox immer komplizierter zu werden schien – und jetzt sagte sie etwas über das Filmfestival, während sich Michael die Seele aus dem Leib schrie.

»Was?«, fragte Christopher.

»Wirst du es machen?«, drängte Rox. »Das war's was ich dich fragen wollte: Kann ich meinem Dad sagen, dass du es machen wirst?«

»Du wirst es machen! Du wirst es machen! Du schuldest mir was, Junge!«

»Ja, ja, ich werd es machen«, platzte Christopher hervor, ohne auch nur die geringste Vorstellung zu haben, wozu er gerade zugesagt hatte.

»Oh, das ist megatoll!«, schwärmte Rox.

»JA! Guter Junge. Nur noch eines: Frag sie, ob du einen Gast einladen darfst.«

Christopher zog die Augenbrauen zusammen. Worüber jammerte Michael denn jetzt herum?

»Frag sie, ob du jemanden mitbringen kannst«, drängte Michael.

»Ähm, kann ich … kann ich jemanden mitbringen?«, fragte Christopher.

Rox lächelte, aber es war ein völlig anderes Lächeln als ihr Lächeln vorher, das seine Knie in Wackelpudding verwandelt hatte. »Weißt du, Christopher, ich hatte so eine böse Vorahnung, dass du das fragen würdest.«

»Ha!«, brüllte Michael. Er schlug mit der Hand aufs Armaturenbrett. »Er darf jemanden mitbringen.« Er wandte sich zu Julia um, ein breites Grinsen übers ganze Gesicht. »Ich bin drin, ich bin drin. Ja! Ich werde zum Filmfestival gehen.«

»Super«, sagte Julia und gab sich Mühe, verwundert zu wirken. »Ist es jetzt Zeit, das glückliche Paar auseinander zu reißen?«, fragte sie unschuldig.

»Nein«, sagte Michael ganz offensichtlich geschockt bei

der Vorstelllung. »Nein. Nicht jetzt. Wir können es nicht *jetzt* tun. Rox nimmt Christopher mit aufs Filmfestival und er nimmt *mich* mit!«

»Ach ja?«

Er griff mit beiden Händen nach Julias Hand. »Weißt du, wer aufs Filmfestival kommt? De Niro, De Niro kommt. Der Mann, der die ganzen Actionrollen hat ... dann dieser Cowboytyp ... Dayton Hill. Jeffrey Katzenberg kommt. Michael Ovitz kommt. Aber am allerwichtigsten ist ... Craig Maslow ist da und ich werde der Kumpel vom Freund seiner Tochter sein.«

»Halt mal die Luft an«, meinte Julia, »und was bringt mir das Ganze?«

»Dir?«

»Ja, mir. Ich soll doch Christopher zurückbekommen, erinnerst du dich?«

Michael runzelte die Augenbrauen.

Julia konnte seine Gedanken lesen: Er versuchte verzweifelt, irgendeine gute Antwort zu finden, aus Angst, dass Julia das Ganze platzen lassen würde. Sie war ziemlich sicher, dass er mit irgendeiner schlauen, vernünftigen Erklärung ankommen würde. Michael Serrano war der findigste Mensch, den Julia kannte, wenn es darum ging, andere zu manipulieren.

»Kein Problem!«, rief er auf einmal. »Es könnte nicht besser sein! Also, der Plan lautet, Christopher zu demütigen

und lächerlich zu machen und seine Beziehung mit Rox zu zerstören, oder?«

»Richtig ... und?«

»Und was wäre ein besserer Ort als *auf* dem Filmfestival? Vor den Augen von Craig Maslow.« Michael gackerte sein bösartiges Lachen. »Und wenn das erledigt ist, werden sie *alle* den Namen Michael Serrano kennen.«

»Wunderbar!«, schwärmte Julia und vor lauter Aufregung schlang sie ihre Arme um Michaels Hals und umarmte ihn fest. Fest genug, dass er ihr Parfüm riechen konnte und die Haut ihrer weichen Wange auf seiner spüren konnte. Sie hingegen spürte sein leichtes Zittern – eine Reaktion, die er nicht unterdrücken konnte.

Ja, Michael Serrano war der gerissenste Typ, den Julia kannte – abgesehen von ihr selbst. Zusammen würden sie einfach unschlagbar sein.

Kapitel 13

In dieser Nacht hatte Christopher zuerst einen Traum, in dem er ein Roboter war. Der Roboter sah ein wenig wie Tom Servo aus, in *Mystery Science Theater 3000* – eine leere Kunststoffblase als Kopf, und Arme, die aus wackelnden Spiralfedern bestanden. Aber auf dem Kopf des Roboters saß ein Cowboyhut.

Irgendjemand, den Christopher nicht sehen konnte, schien den Roboter ab und zu mit Elektroschocks zu reizen, sodass er auf einmal zu zucken und zu vibrieren begann und vor Schmerz aufschrie. Die Schmerzensschreie waren Gedichte in einem unsäglichen Kauderwelsch:

Soll ich dich einem Sommertag verleihen?
Zum Spott der Nachwelt gleich, Roxana.
Halt, halt, hör auf!
Und stets muss Schönes sich vor Schönem schämen.
Nein, das war es nicht, das wollt ich nicht erwähnen!
Der du viel leiblicher und seichter bist!
Nie von dir fallen deine Herrlichkeit,
Nie wirst du wandern unter meinem Schatten.
Was? Wie? Woody Woodpecker? Wal-Mart?

Christopher wachte auf wie in kaltem Schweiß gebadet. Das war ihm noch nie passiert. Er war noch nie mit kaltem Schweiß aufgewacht. Kalter Schweiß war etwas, über das man in Büchern las, aber hier war er wirklich, ganz real. »Jetzt reicht's«, sprach er in die Dunkelheit. »Ich werd dem Ganzen ein Ende machen. Ich kann nicht weiter lügen. Sie wird mich so nehmen müssen, wie ich bin oder gar nicht. Ich bin schließlich kein Roboter.«

Ja, er musste ihr einfach die Wahrheit sagen. Das war es. Der Gedanke beruhigte ihn und er legte seinen Kopf wieder auf das feuchte Kissen zurück. Was er gemacht hatte, war ein Fehler, und es war wichtig, dass er sich das klarmachte. Ein Mann konnte nicht was Falsches machen, nur um zu bekommen, was er wollte. Das würde ihn auf eine Stufe stellen mit jedem Lügner und jedem Betrüger auf der ganzen Welt.

Sein Vater hätte sich für ihn geschämt, wenn er wüsste, was er, sein Sohn, in den letzten Tagen getan hatte. Und seiner Mutter würde es nicht anders gehen.

Der einzige Ausweg bestand darin, die Wahrheit zu sagen. Der einzige Ausweg war die Wahrheit.

Er schlief ein und träumte wieder. Dieses Mal war er kein Roboter. Er war ein Stier. Er war derselbe Stier, der ihn nach zwei Sekunden abgeworfen und ihm dann ins Hinterteil geboxt hatte. Er war im Gang, dem schmalen, eingezäunten Gang, in dem die Bullen gehalten wurden, bevor sie in den Ring stürmten.

Am Zaun lehnte ... nicht Rox. Es war Eva Gabor, aber eine junge Version von Eva Gabor, und sie sang den Song von *Grünes Gras der Weide* mit einem starken ungarischen Akzent. Und doch war sie gleichzeitig Rox, auf eine Weise, wie Träume oft mehrere, eigentlich unvereinbare Dinge auf einmal haben. Sie sang und sang und am Ende jeder Strophe sah sie Christopher an und wartete auf eine Antwort.

Und Christopher machte den Mund auf und sagte: »Muuuhh.«

Als er von diesem zweiten Traum erwachte, zeigte der Wecker auf fünf. Normalerweise konnte er am Samstagmorgen etwas länger schlafen. Aber er wollte nicht wieder einschlafen und noch mehr so verrücktes Zeug träumen.

Auch Michael hatte schlecht geschlafen. Er war schließlich um neun aufgewacht, lächerlich früh für einen Samstag. Aber er war die ganze Nacht völlig aufgedreht gewesen und war's auch jetzt noch.

Er würde auf das Filmfestival gehen. Er würde zur Party danach gehen. Er würde einen Weg finden, um die Kopien von seinem Drehbuch in die Hände von Hollywoodgrößen gelangen zu lassen.

Und ganz nebenbei würde er Craig Maslows Tochter zur Freundin haben. Vielleicht würden sie sogar heiraten, wer weiß? Heiraten. Und dann würde Maslow früh einen Herzinfarkt haben und wer würde dann das Maslow-Imperium leiten? Ja, wer? Hey, warum nicht Michael, der Schwiegersohn, der selbst ein Genie war?

Eine exzellente Wahl.

Er war fast im Delirium. Es war, als ob sich der Himmel über ihm geöffnet und ihn mit allem, was er sich erhofft hatte, überschüttete. Und warum eigentlich nicht? Er hatte es verdient.

Er trank seine dritte Tasse Kaffee, redete kein Wort mit seiner kleinen Schwester, die mit am Tisch saß, und war tief in einen Tagtraum versunken, in dem ein Oskar für sein Lebenswerk und eine immer noch jung aussehende Pamela Anderson in einem roten *Baywatch*-Badeanzug vorkamen, als das Telefon klingelte.

»Für dich«, sagte seine kleine Schwester. »Es ist ein Mädchen; sie muss sich wohl verwählt haben.«

»Geh mir nicht auf die Nerven«, sagte Michael zu ihr. »Eines Tages wirst du La Toya sein und ich Michael Jackson.« Er ließ sich das kurz im Kopf herumgehen. Nein, das war nicht ganz okay. »Eines Tages wirst du Tom Arnold sein und ich Roseanne.«

»Mom! Michael spinnt wieder«, brüllte seine Schwester.

Michael griff nach dem Telefon. »Sprich mit mir.«

»Ich bin's, Julia.«

Der Klang ihrer Stimme überraschte ihn und sein Herz machte einen Sprung. »Julia?«

»Also, wir müssen reden.«

»Müssen wir?« Er war sofort misstrauisch. »Warum?«

»Es ist beinahe noch eine ganze Woche bis zum Filmfestival. Es wird Telefonanrufe zwischen Christopher und Rox geben und Gespräche in der Schule und vielleicht ein weiteres Date. Wir müssen auf alles vorbereitet sein.«

Die Erwähnung einer weiteren Verabredung bewirkte, dass Michael am liebsten in sein Bett zurückgekrochen wäre. Allein der Gedanke daran war schon eine Tortur. Eine ganze lange Woche sollte er seine Rolle als die Stimme von Christopher weiterspielen. Er seufzte. »Oh Mann. Da hab ich echt nicht dran gedacht. Ich hab mich nur auf das Filmfestival gefreut.«

»Du musst erst diese Woche überstehen«, erinnerte sie ihn.

»Ja, du hast schon Recht. Wann sollen wir uns treffen?«

»In einer Stunde. An einem abgelegenen Ort. Ich weiß da was. Komm bei mir vorbei und hol mich ab.«

Michael legte den Hörer auf. Julia hatte Recht. Es gab noch eine Menge Arbeit, bevor das alles im Kasten war. Er duschte und rasierte sich, dann kämmte und fönte er seine Haare sorgfältig. Er überlegte sich genau, was er anziehen sollte. Es war ihm zwar nicht wichtig, was Julia von ihm dachte, aber er wollte nicht auffallen, egal, wohin sie gingen. An einen abgelegenen Ort, hatte sie gesagt. Wer wusste, wo das war? Er beschloss, sich locker anzuziehen – Levi's und ein Hemd aus Wildseide. Ein paar Tropfen Safari würden sicher auch nicht schaden.

Sie wartete vor dem Haus auf ihn, gegen den Zaun gelehnt, die Augen geschlossen, das Gesicht in die Sonne gereckt. Ihre Haare trug sie offen. Sie hatte langes hellbraunes Haar, das über ihre Schultern fiel. Sie trug eine Bluse, die sie in der Taille zusammengebunden hatte, dazu Shorts und Sandalen und sie hatte eine Schultertasche bei sich. Aus irgendeinem Grund erinnerte sich Michael an ihren Anblick, als sie am Abend zuvor auf dem Parkplatz vor der Schule ihre Strümpfe geglättet hatte.

Er hielt das Auto an und lehnte sich aus dem Fenster. »Hey.«

Sie öffnete die Augen langsam, irgendwie sexy, und richtete ihren glasklaren Blick auf ihn. Sie lächelte ein Lächeln, das hart an der Grenze zum Grinsen war. Michael bemerkte, wie er langsam sauer wurde. »Fertig?«, fragte er schlecht gelaunt. Sie kam her und stieg ins Auto.

»Und wohin?«, fragte er.

»In diese Richtung.« Sie zeigte die Straße hinab.

Zwanzig Minuten später waren sie am Ende einer schmalen Schotterstraße angelangt, von der Michael nicht einmal gewusst hatte, dass es sie gab, geschweige denn, dass er schon mal auf ihr gefahren wäre. Sie waren bei einem Fluss, im Schatten von Bäumen. Sie saßen im saftigen grünen Gras, mit Blick auf das im Sonnenlicht glänzende Wasser und hinüber zu der mächtigen Bergwand.

»Was für ein besonderer Platz ist das denn nun?«, fragte Michael unbehaglich. Draußen zu sein war ihm immer ein wenig unangenehm.

»Es ist einfach ein Platz, an den ich immer gekommen bin, als ich klein war«, sagte Julia. »Das Land gehört meinen Großeltern, also wird uns hier keiner stören.«

»Nett«, sagte Michael mit so viel Ehrlichkeit, wie er aufbringen konnte.

»Mhm. Na ja, wir fangen besser mit der Arbeit an.« Sie warf die Tasche auf den Boden und setzte sich im Schneidersitz daneben. Aus der Tasche zog sie einen Stapel Bücher. »Shakespeare, Elizabeth Barrett Browning, Millay, noch mal Byron, ein Buch mit japanischen Liebesgedichten, eine Sammlung von Gedichten aus der Romantik und …«, sie hielt den Buchrücken hoch, um zu lesen, »noch mal eine Sammlung romantischer Gedichte.«

»Oh nein«, stöhnte Michael. Er warf sich ihr gegenüber ins Gras. »Das ist eindeutig mehr Kunst, als ich vertragen kann, weißt du das?«

Julia zuckte mit den Schultern. »Klar, aber Rox scheint es ganz toll zu finden. Und, reden wir mal Klartext, deine Kenntnisse über Liebesgedichte und so was sind ziemlich begrenzt, also brauchst du professionelle Hilfe.«

»Ich hab mich ganz gut geschlagen, sogar bevor wir damit angefangen haben, Gedichte vorzubeten«, meinte Michael. »Dafür, dass ich nicht romantisch veranlagt bin.«

»Weißt du, was am schlimmsten ist ...«, sagte Julia gedankenverloren.

»Was?«

»Nun, was passiert, *nachdem* Rox Christopher in die Wüste geschickt hat? Ich meine, sie liebt ihn, weil er so schöne Sachen sagt, oder?«

»Ja?«

»Und sie soll denken, dass du, weil du dir ja den ganzen Krempel ausgedacht hast, derjenige bist, den sie wirklich liebt?«

Michael kniff die Augen zusammen. Er hatte einen Instinkt, eine Warnanlage, die ihm sagte, dass er gleich etwas hören würde, das er nicht hören wollte.

»Ja?«

»Also, wie lässt du sie weiter in dem Glauben, dass du dieser tolle, voll romantische Typ bist? Verstehst du, was ich meine? Du wirst das wochenlang, monatelang durchhalten müssen. Jahrelang.«

Auf einmal war Michael furchtbar müde. »Oh Mann«, sagte er schwach. »Du hast Recht.«

Julia nickte. »Also, du hast ein Problem. Es reicht nicht aus, dass du dafür sorgst, dass *Christopher* sich ein paar Tage lang wie auf der Bühne anhört, du musst damit für dich selbst weitermachen. Wenn ihr euch gegenübersteht. Und dann ist da das Küssen.«

»Küssen?«

»Na klar. Rox hat Christopher schon geküsst. Selbst wenn du wochenlang das ganze süße Zeug sagst – und es wird hart genug werden, das zu schaffen –, was, wenn du wie ein Weichei küsst?«

Ein Schauer lief ihm über den Rücken. »Du hast Recht«, stöhnte er. »Du hast Recht. Ich meine, ich küsse fantastisch, versteh mich nicht falsch, ... aber was, wenn es nicht fantastisch genug ist?«

»Kannst du überhaupt was mit richtigem echtem Gefühl sagen, wenn du vor ihr stehst?«, fragte Julia noch einmal.

Er winkte ärgerlich ab. »Natürlich kann ich. Ich kann perfekt lügen.«

»Du musst es schon ehrlich meinen«, erklärte Julia.

Michael schnappte sich eins von den Büchern und schlug es auf. Er setzte eine Miene auf, die er für gefühlvoll hielt und las:

Wenn ich beweine meine Einsamkeit,
Mit dem Geschick, der Welt und mir zerfallen,
Mein Herz zum tauben Himmel nutzlos schreit,
Das Los verfluchend, das auf mich gefallen,

Dann glich' ich jenen gern, die wie im Spiel
Durchs Leben gehn, die Zukunft froh betrachtend,
Wünsch mir des einen Kunst, des andern Ziel,
Am meisten mich und all mein Tun missachtend.

Er machte eine Pause und sah sie mit einem Blick an, den er für unglaublich aufrichtig hielt, und senkte seine Stimme zu einem vertrauenerweckend klingenden Tonfall.

Wenn so ich in Verzweiflung fast versunken,
Tauchst plötzlich du in meinem Sinn empor,
Und wie die Lerche steig ich sonnentrunken
Und singe Hymnen an des Himmels Tor.
Der Liebe süß' Erinnern macht so reich,
Und keines Königs Los ist meinem gleich.

Michael schloss langsam das Buch. Er war so gut gewesen, dass er sich beinahe selbst zu Tränen gerührt hatte. Deshalb war er nur überrascht und gar nicht ärgerlich, als Julia im selben Moment laut loslachte.

Sie lachte eine ganze Weile. Und als er dachte, dass sie nun endlich fertig wäre damit, fing sie wieder von vorne an.

»Oh Michael, Michael. Das war einfach perfekt. Du und ausgerechnet *dieses* Gedicht.«

»Was ist mit mir und dem blöden Gedicht?«, meinte er kurz angebunden.

»Hast du überhaupt mitgekriegt, wovon es handelt? Von einem Mann nämlich, der das Gefühl hat, nicht alles zu kriegen, was er verdient hat. Dass andere Leute mehr Glück haben oder reicher sind oder mehr Freunde haben. Er tut sich selbst Leid, aber dann wird ihm klar, dass es da diese Frau gibt, die ihn liebt. Und weil er die Liebe dieses Mädchens hat, ist er schon so reich und glücklich, dass er nicht mit einem König tauschen würde.«

»Ja. Und?«

»Der Liebe süß' Erinnern macht so reich und keines Königs Los ist meinem gleich«, zitierte sie aus dem Gedächtnis. Julia lächelte ihr Beinah-schon-Grinsen-Lächeln. »Setze einfach anstelle von ›König‹ die Worte ›Craig Maslow‹ ein. Du musst zugeben – die Vorstellung, dass *du* wahre Liebe für wichtiger hältst, als was du so im Leben vorhast –« Sie fing wieder an zu lachen.

Michael presste ebenfalls ein Lachen hervor. Aber er war immer noch sauer.

»Okay, es war verkehrt, ausgerechnet dieses Gedicht zu nehmen, stimmt. Ich finde es aber nicht ganz *so* witzig. Das heißt noch lange nicht, dass ich nicht auch Gefühle habe. Okay? Und ich kann mindestens so gut küssen wie dein Christopher.«

»Echt? Mh ..., vielleicht hast du ja Recht. Obwohl ...« Ihr Blick schweifte nach oben, als ob sie versuchte, sich zu erinnern. Ihre Zunge fuhr langsam an ihrer Unterlippe entlang und dann seufzte sie. »Er küsst schon ziemlich gut.«

»Wer? Cowboy Chris?«

»Wir *waren* schon eine Weile zusammen, weißt du«, sagte sie. Wieder seufzte sie und bewegte ihre Hüften, nur ein kleines bisschen, aber ziemlich sexy. »Hey, warum bin ich nicht früher draufgekommen? Ich *hab* Christopher schließlich geküsst. Ich könnte euch beide vergleichen und dir sagen, ob du … du weißt schon, ob du's mit ihm aufnehmen kannst.«

Michael gab ein Lachen von sich. »Na klar«, sagte er, weil ihm nichts Besseres einfiel.

»Ach komm schon«, sagte sie. »Du hast doch keine Angst, oder? Es ist nur … ein einfaches Experiment. Es würde überhaupt nichts *bedeuten.*«

»Angst?«, fragte er aufgeschreckt. »Ich? Angst? Wohl kaum.« Er rückte näher zu ihr hin, nah genug, dass der ohnehin schon warme Tag noch wärmer schien. Nah genug, dass sein Herz laute, hämmernde Geräusche von sich gab, ungefähr so, wie wenn jemand einen Presslufthammer betätigte. Er schluckte zweimal. Sein Mund war ausgetrocknet.

Er beugte sich zu ihr hinüber und drückte seine Lippen leicht auf ihre. Dann zog er sie wieder weg.

Julia nickte leicht mit dem Kopf. »Das war gut«, meinte sie ohne Begeisterung in der Stimme.

»Gut? Hey, das war nur zum Warmwerden.« Er beugte sich wieder zu ihr hinüber und küsste sie dieses Mal richtig. Sie öffnete ihre Lippen und der Kuss hielt an, bis Michael keinen Atem mehr hatte, ihm vom Kopf bis zu den Zehenspitzen alles prickelte und er meinte, seine Haare müssten wie elektrisiert nach allen Seiten stehen.

»Also, jetzt sag aber nicht, dass das kein guter Kuss war«, meinte er und grinste.

Julia tätschelte mit der Hand seine Wange. »Es war gut,

echt. Es war gut. Lass uns jetzt noch mal mit den Gedichten üben. Ich bin sicher, wenn du bereit bist, ein bisschen Arbeit reinzustecken, dann kriegen wir dich schon hin.«

Christopher warf sein Lasso über das Horn von Roxanas Sattel. Er blickte den Steilhang der Schlucht hinab. Das verirrte Schaf blökte unaufhörlich, mit einem Ausdruck im Gesicht, der nicht das geringste Anzeichen von Intelligenz ahnen ließ. Das andere Ende des Seils war in einer komplizierten, netzartigen Weise um das Schaf geschlungen. Es würde hoffentlich nicht nach oben rutschen und das Tier erwürgen.

Christopher lehnte sich so weit wie möglich vor, über die Kante der Schlucht, und hielt sich an dem Seil fest.

»Okay, Mädchen. Zurück. Zurück.« Das Lasso spannte sich, während das Pferd rückwärts ging. »Ho, Mädchen.«

Er blickte zu dem Schaf hinab, das jämmerlich blökte.

»Okay, Rox, zurück. Zurück. Zurück.« Die Quarterhorse-Stute wusste, was sie zu tun hatte, denn sie hatte solche Aufgaben schon mehrmals erledigt. Das Lasso spannte sich und das Schaf rutschte, schleifte und schlitterte den Abhang hinauf und blökte die ganze Zeit über stumpfsinnig in die Gegend. Oben angekommen knotete Christopher das Seil auf und das Tier trappelte schnell zu seiner Herde zurück.

Christopher wickelte das Seil auf und entfernte dabei Dreck und Schlamm, die daran kleben geblieben waren. Er blickte zum Himmel hinauf. Die Sonne versank hinter den

Bergen und über dem Tal breitete sich bereits samtige Dämmerung aus.

Er stieg auf Roxana und machte sich in gemütlichem Schritt auf den Heimweg. Das Pferd war müde. Es war ein langer Tag gewesen und das Tier wollte ebenso gerne gestriegelt und gefüttert werden, wie sich Christopher nach einer Dusche und einem kräftigen Essen sehnte.

Kaum eine Stunde später ging er durch die Vordertür des Hauses, hinein in den Duft von gebratenem Huhn und Gemüse. Seine Mutter saß im Wohnzimmer, Schreibarbeit und Rechnungen auf dem Couchtisch ausgebreitet und den Fernseher mit den Nachrichten angeschaltet.

»Hallo, mein Schatz!«, rief sie. »Na, wie war dein Tag?«

»Gut«, meinte er. Er ging hinüber und gab ihr einen Kuss.

»Jemand hat angerufen«, sagte sie. Sie blickte mit einem Lächeln auf. »Ein Mädchen.«

Mit einem Schlag war er weitaus weniger müde. »Hat sie ihren Namen gesagt?«, fragte er so beiläufig wie möglich.

»Oh, ich wette, du *weißt*, wer es war«, neckte ihn seine Mutter. »Roxana Maslow! Bist du zufrieden?«

Er tat als wüsste er von nichts.

Seine Mutter lachte. »Wenn du glaubst, du könntest mich an der Nase rumführen, dann liegst du falsch. Roxana. Der gleiche Name wie von deiner neuen Stute. Ich nehme an, das ist kein purer Zufall. Ich hätte früher draufkommen sollen. Ich lasse wirklich nach.«

»Ich geh jetzt besser und wasch mich ein bisschen.«

»Sie hat eine Nachricht hinterlassen. Ich soll dir sagen,

dass du morgen rüberkommen solltest, um mit ihrem Vater über die Präsentation zu sprechen.« Sie hob die Augenbrauen. »Was meint sie damit?«

Christopher ließ den Kopf hängen und knallte ihn langsam gegen die Wand. »Das wollte ich dir noch erzählen. Ich hab so halbwegs zugesagt, zu diesem Filmfestival zu gehen. Mit ihr. Ihr Vater braucht ein paar Leute von hier, die ihm helfen.«

Seine Mutter warf einen Seitenblick auf die Rechnungen und beschloss, dass sie warten konnten. Sie stand auf. »Christopher, das ist am selben Abend wie das Rodeo, wenn sie das Datum nicht geändert haben.«

»Ja, Ma'am. Es ist am selben Abend.«

Sie sah so durcheinander aus, wie er sich fühlte. »Du weißt, was ich vom Rodeo halte. Es ist ungefähr das Albernste, was ein Mann zu seinem Vergnügen anfangen kann, aber trotzdem, ich dachte, dass du unbedingt dort hinwolltest.«

Er sah zur Seite und biss sich auf die Lippe. »Ja, Ma'am. Ich will's unbedingt. Bloß hab ich jetzt bei der anderen Sache zugesagt, … war einfach nicht ganz klar im Kopf.«

Seine Mutter lächelte. »Ich nehme an, sie ist hübsch?«

»Sie …« Er zögerte. Dann meinte er: »Nein, Ma'am. Sie ist nicht hübsch. Sie ist einfach … sie ist schön.«

Seine Mutter musste jetzt lachen, aber liebevoll. »Ach so. Ein ganz besonderes Mädchen.«

»Ja, Ma'am.«

»Aber würdest du etwas aufgeben oder anders machen, nur um ihr zu gefallen?«

Christopher überlegte. Er war auf einmal wieder müde. »Ich weiß nicht«, sagte er. »Ich nehme an, dass so was passieren kann.«

»Ja, das stimmt durchaus.«

»Und ich glaub, man sagt vielleicht auch Sachen, die man besser nicht sagen sollte, und macht einen verdammten Narren aus sich.«

»Mir ist zu Ohren gekommen, dass das vorkommen kann«, sagte seine Mutter. »Obwohl – auch wenn man jemanden ganz furchtbar gern hat, so hört man doch nie auf, man selbst zu sein.«

Er sah seine Mutter scharf an. Wusste sie etwas? Aber woher. Nein, sie sprach nur ganz allgemein. »Woher weißt du, wo man die Linie ziehen muss? Zwischen jemanden glücklich machen wollen und man selbst sein?«

»Mh«, meinte seine Mutter. Sie zog die Augenbrauen zusammen. »Gute Frage. Ich wünschte, dein Vater wäre hier, um dir die Antwort eines Mannes zu geben. Alles, was ich dazu sagen kann, ist, dass die Menschen so sind wie sie sind und sich nie sehr viel ändern. Also ist man am besten gleich ehrlich zueinander, denn früher oder später kommt die echte Person sowieso zum Vorschein. Keiner kann lange eine Maske tragen.«

Christopher zuckte zusammen. Er wusste, dass das die Wahrheit war, aber es war nicht das, was er hören wollte. »Am besten werd ich jetzt mal den ganzen Schmutz, den ich mit mir herumschleife, los«, erklärte er.

»Übrigens«, rief sie ihm nach. »Sie wollte, dass du sie zurückrufst.«

Christopher seufzte. Kein Problem – Rox anrufen. Bloß musste er zuerst Michael anrufen. Michael Serrano, die Maske, die er schon viel zu lange getragen hatte.

Rox legte den Telefonhörer auf. Christopher hatte sie wieder mal mit Gedichten und Schmalz vollgesülzt, bis sie kaum noch zuhören konnte. Aber, rief sie sich ins Gedächtnis, irgendwo unter all dem geschwollenen Gerede war er immer noch derselbe, der er immer gewesen war. Und obwohl sie echt Schwierigkeiten hatte, sich das vorzustellen, wusste sie, dass Christopher all das nur machte, weil er glaubte, dass sie das gern hatte.

Sie war überzeugt, dass der *richtige* Christopher immer noch derselbe ständig errötende, stotternde, süße Typ war, der angehalten hatte, um sie vom Straßenrand aufzusammeln. Sie musste nur einen Weg finden, wieder mit dem echten Christopher in Verbindung zu treten. Was hieß, so nahm sie an, dass er seine Unsicherheit überwinden musste, die ihn dazu brachte, sich wie ein Gigolo am Hofe Ludwigs des Vierzehnten aufzuführen. Unsicherheit, die ohne Zweifel von einer Schlange namens Serrano genährt wurde.

Was Julia Ardmore an dem fand, war Rox ein Rätsel. Aber Julia wollte ihn und zusammen hatten sie und Rox einen Plan ausgetüftelt, wie sie die beiden Jungs mit ihren eigenen Waffen schlagen konnten.

Sie seufzte, nahm den Hörer wieder ab und wählte eine Nummer. Es wurde Zeit, das Ganze zu Ende zu bringen.

Ein paar Minuten später trottete sie nach unten. Sie fand

ihren Vater im Vorführraum, wo er die ersten Kopien eines Films ansah, den seine Gesellschaft in Simbabwe drehte.

»Hi, Schätzchen«, rief er.

Rox ließ sich neben ihm in einen Sessel fallen. Sie setzte an, um mit ihm zu sprechen, aber das Trompeten von Elefanten auf der Leinwand übertönte ihre Worte.

»Nur eine Minute«, sagte Mr Maslow. Er hob seine Stimme und brüllte: »Halt an, Johnny« zu dem Vorführer. Der Film lief aus und die Lichter gingen an.

»Jetzt. Was wolltest du sagen?«, fragte ihr Vater.

»Ich bin noch gar nicht so weit gekommen. Ich war immer noch bei der Einführung, in der ich dir sagte, wie toll du bist, wie großzügig und so weiter«, erklärte Rox.

»Lass die Einführung aus und frag einfach«, sagte ihr Vater und warf sich für die Rolle »der große Filmproduzent« in Pose. »Brando? Costner?« Er schnippte mit den Fingern. »Kein Problem.«

»Eigentlich ist es gar keine *so* große Bitte.«

»Gott sei Dank!«, meinte ihr Vater trocken. »Brando hasst mich.«

»Ich hab da diese ... diese Sache. Es ist so eine Art naturwissenschaftliches Projekt, beinahe zumindest«, erklärte Rox. »Und was ich brauche, ist ein klein wenig technische Hilfe. Ich brauche ein kleines bisschen Hollywoodzauberei. Ich glaube, ich brauche Mr Corelli.«

Kapitel 14

Jetzt kam der ultimative Test. Nun würde es keine kleinen Plänkeleien mehr geben. Heute Abend war der große Kampf.

Sein Zimmer war eine Kampfzentrale, hatte Michael beschlossen. Er hatte sich für diesen Abend vorbereitet wie ein General, der die größte Schlacht seiner Karriere angeht. Nur dass in seinem Zimmer anstelle von Karten und Schlachtplänen Bücher herumlagen. Er hatte sämtliche Gedichtbände aus der Stadtbücherei und der Schulbibliothek ausgeliehen. Er hatte Bücher von Theaterstücken. Er hatte Bücher mit Liebesgedichten. Er hatte Liedtexte. Er war sicher, dass er mehr romantisches Gesäusel in seinem Zimmer rumliegen hatte, als im ganzen restlichen Montana zu finden war.

Er hatte gelesen und überflogen, rezitiert und gekennzeichnet, bis ihm alles vor den Augen verschwamm. Und aus jeder Quelle hatte er die besten Ausschnitte zusammengesammelt. Diese hatte er in seinen Laptop eingegeben, sortiert nach Kategorien – Gedichte (allgemein), Komplimente (mit den Unterkategorien für Haar, Augen, Haut, allgemeines Aussehen und Kleidung), Liebe (mit den Unterkategorien, »Liebe im Allgemeinen«, »Meine Liebe«, »Deine Liebe« und »Liebe zum Land und zur Familie«, nur für den Fall, dass sie angesprochen wurden).

Nun konnte er mit einem Mausklick das zusammenge-

160 fasste kreative Output zum wichtigsten Thema der Weltgeschichte von Schriftstellern aus zwei Jahrhunderten aktivieren.

»Okay, teste mich«, forderte er Julia heraus. Sie lehnte genau neben ihm am Schreibtisch. Julia hatte ganz plötzlich eine Einladung erhalten, als eine der Leute von hier auf dem Festival zu arbeiten – einfach so, ohne große Tricks oder Manipulation oder Ähnliches. Für Michael war das unglaublich unfair, er musste ein endloses Versteckspiel abziehen, nur um reinzukommen.

Julia trug ein Kleid, das sie fürs Festival ausgesucht hatte. Ein ganz einfaches, keine ausgefallenen Sachen oder so. Einfach eine Art dunkelroter Stoff. Er nahm an, dass es passend für den Anlass war, obwohl er sich bei Kleidern nicht so recht auskannte. Er fragte sich nur ein klein wenig, ob es nicht einige Mängel aufwies – der Ausschnitt war ziemlich tief, auf dem Rücken war einfach gar kein Stoff und es wurde von zwei schmalen Bändern zusammengehalten, die so aussahen, als würden sie früher oder später ganz sicher runterrutschen. Nicht dass es ihn was anging, aber das Ganze war schon ziemlich ablenkend und das zu einem Zeitpunkt, an dem er sich eigentlich völlig auf seine Aufgabe konzentrieren sollte.

»Also los«, wiederholte er ungeduldig, »teste mich.«

»Okay«, meinte sie. »Ich sage ›Es ist ein wunderschöner Abend draußen‹, du sagst –«

160 Michael drückte die Tasten seines Laptops. »Okay«, sagte er. »Still folgt eins dem andern auf den unendlichen Himmelsfluren, blühen die Sterne, die Vergissmeinnicht des

Himmels auf, in wundervoller Schönheit.« Er machte eine Faust. »Longfellow. Ja! Jeder Schuss ein Treffer! Noch was.«

Julia dachte nach. »Okay ... ich sage ›Wie findest du mein Kleid?‹ Und du sagst –«

»Tja, hier müssen wir schlau sein. Wir können ja schließlich nicht zulassen, dass unser Junge den ganzen Abend nur Zitate daherblubbert, oder? Also geben wir ihm was Schlichtes aber Wirkungsvolles an die Hand.« Er flog über die Tasten und las vom Bildschirm ab: »Es ist wundervoll, und doch ist es nur ein schmückender Rahmen für ein überragendes Kunstwerk.«

Julia nickte. »Das ist sehr gut.«

Michael strahlte. »Danke. Letztes Mal hab ich ›Es nimmt mir den Atem‹ benutzt. Ich hab was Neues gebraucht.«

»Und wenn Christopher es sagt, wird es richtig stimmungsvoll und romantisch klingen.«

Michael strahlte nicht mehr. »Ich finde, es ist stimmungsvoll und romantisch. Einfach so schon stimmungsvoll und romantisch, und ich hab es geschrieben, nicht irgendein toter Dichter.«

»Ich hab ja gesagt, dass es gut ist«, sagte Julia. Sie lehnte sich hinüber und blickte auf den Bildschirm. Ihr Kleid lehnte sich mit hinüber.

»Ich hab auch noch ein paar andere Sachen«, erklärte Michael, darauf bedacht, nicht in ihre Richtung zu sehen, um so von jeglicher visuellen Ablenkung verschont zu bleiben, wie zum Beispiel von dieser Anspielung von schwarzer Spitze, die nur ein bisschen aus Julias Ausschnitt hervorsah.

»Schau dir mal die an«. Er ließ eine Liste mit möglichen

Antworten auf die Frage nach dem Kleid und allen möglichen anderen Dingen auf dem Bildschirm durchlaufen. »Ist es zu warm hier drin?«

»Ich find es überhaupt nicht warm«, sagte Julia. »Der da ist echt gut«, sagte sie und als sie mit ihrem Finger auf den Bildschirm zeigte, streifte ihre Schulter aus Versehen seine Wange.

Ihr Haute war merkwürdig zart. Er biss die Zähne zusammen. »›Zwei Seelen treffen sich auf ihren Lippen.‹ Ja, das wäre ein echt guter Spruch, bevor sie sich küssen. ›Zwei Seelen treffen sich auf ihren Lippen‹. Das ist Shelley, falls es dich interessiert.«

Julia lachte leicht. »Siehst du, Shelley wusste Bescheid.«

»Worüber?«

»Dass sich die Seelen auf den Lippen von Liebenden treffen«, meinte sie.

Allein schon, wie sie das sagte, dachte Michael düster – diese leicht herablassende Art. »Soll das irgendwas Besonderes heißen für mich?«, fragte er leicht verärgert.

»Was?« Sie war auf dem Bildschirm schon weitergewandert. »Oh, nur, was wir letzte Woche besprochen haben. Du weißt schon, als wir das Küssen geübt haben. Ich meine, das ist doch das Hauptproblem, oder? Egal, was sonst noch alles passiert, ihre Seelen haben sich schon längst getroffen, und dann kommst du –« Sie kicherte leise vor sich hin, bei dieser Aussicht.

»Ja? Was, wenn ich komme? Du meinst, meine Seele kann ihre Seele nicht treffen? Ist irgendwas mit meiner Seele nicht in Ordnung?«

»Nein, nein, nein, natürlich nicht«, sagte Julia und legte ihre Hand beruhigend über seine, die auf der Tastatur lag. »Nur, dass du eben nicht Christopher bist ...«

»Mann!«, explodierte er auf einmal. »Was ist mit der Klimaanlage in dem Zimmer los? Hier ist irgendwie überhaupt keine Luft mehr.« Er stand auf und klappte den Computer zusammen. »Es wird Zeit. Bringen wir die Show zum Laufen.«

»Warte mal«, meinte sie. »Bevor wir gehen.« Sie trat ganz nahe zu ihm hin. So nahe, dass ihr Fuß aus Versehen seinen berührte. Sie hob langsam beide Hände, einen merkwürdig konzentrierten Blick in den Augen. Er vermied es, ihr in die Augen zu sehen. Sie machten ihm irgendwie Angst. Sie umfasste mit beiden Händen seinen Hals, zog ihn zu sich her, bis er ihr Haar spüren konnte, federleicht, wie es in seinem Gesicht kitzelte, bis er sich selbst dabei ertappte, ihre wunderbaren Schultern zu bewundern, die sanfte faszinierende Anhebung –

Sie rückte seinen Kragen zurecht und trat zurück.

»Okay«, sagte sie. »Wir können gehen.«

»Arghhh« kam von Michael, ein merkwürdiges Geräusch.

»Was hast du gesagt, Michael?«, fragte Julia und sah unschuldig drein.

»Ja, hab ich gesagt, gehn wir.«

Christopher saß im Dunkeln auf dem Fahrersitz seines Trucks, das heißt, dunkel war es bis auf die grün leuchtenden Lichter auf dem Armaturenbrett, und starrte auf das Gerät. Es lag auf dem Sitz neben ihm, ein kleines quadratisches Päckchen, nicht größer als eine Zigarettenschachtel, mit einem langen hautfarbenen Kabel und einem winzigen Mikrofon fürs Ohr.

Das Gerät.

Er hatte nur ein paar hundert Meter vom Haus der Maslows entfernt auf der Zufahrt geparkt. Das Haus war auffallend schön beleuchtet, Strahler an allen Ecken und Enden und Lichter in sämtlichen Fenstern in jeglicher Form, von Quadraten über Halbkreise bis zu Dreiecken.

Da drin, inmitten dieser Lichter, in dieser riesigen Villa wartete sie – Rox Maslow, die Tochter von Craig Maslow, mächtiger Hollywoodherrscher, Nummer vierzehn auf der Forbes-Liste der reichsten Leute von Amerika.

Wartete auf ihn – Christopher MacAvoy, Sohn von Edward MacAvoy, verstorben, ein Rancher und hin und wieder Rodeocowboy, und Darlene MacAvoy, Rancherin und Hausfrau.

Und dann war da dieses Gerät. Er könnte es aus dem Fenster werfen. Er könnte das jetzt sofort tun. Und er könnte der sein, der er war – ein ziemlich einfacher Typ, der eine ganze Menge über die Landwirtschaft und noch nicht sehr viel übers Rodeo wusste und absolut gar nichts darüber, was man zu tun hatte, damit ein Mädchen wie Rox an einem interessiert blieb.

Auf jeden Fall war es nicht der Abend, um sich alleine durchzubeißen. Nicht, wenn er einer ganzen Herde Hollywoodleuten gegenübertreten musste, ganz abgesehen davon, dass er Rox gegenübertreten musste.

Er knöpfte sein gestärktes weißes Hemd auf und steckte das Gerät in den Bund seiner Hosen. Dann steckte er das Mikrofon ins Ohr, oben unter sein Haar und knöpfte das Hemd wieder zu.

»Bist du da, Michael?«, fragte er lustlos.

»Zur Stelle, mein Herr«, kam Michaels Stimme blechern aus der Ferne.

»Wo bist du?«

»Wir haben auf der Bezirksstraße geparkt.«

»Wir?«

»Ich, hab ich gemeint. Und? Bereit und gerüstet? Heute Abend geht's ran.«

Christopher seufzte. »Ich wollte eigentlich drüben beim Rodeo sein, heute Abend«, meinte er wehmütig.

»Ja, ich weiß. Ich musste mir die ganze Woche schon Storys über das idiotische Rodeo anhören. Einen blöden Bullen in einem öden Rodeo reiten, das kannst du doch immer machen, Cowboy.«

Christopher lächelte in die Nacht hinein, während er den Motor anließ. »Nee«, flüsterte er so leise, dass Michael ihn nicht hören konnte. »Zum Rodeoreiten müsste ich ein Mann sein.«

Die Stadt Longhorn war ungewöhnlich hell und geschäftig.
363-mal im Jahr war nicht viel los. Dann verdoppelte sich die Bevölkerung während zweier kurzer Tage, die Straßen

waren voller Autos, Suchscheinwerfer schwenkten über den Abendhimmel, Fußgänger verstopften die beinahe nicht existenten Bürgersteige und Warteschlangen wanden sich aus praktisch jedem Restaurant und Saloon.

Am westlichen Ende der Stadt war das Kino, das Craig Maslow gebaut hatte, um sein Filmfestival zu beherbergen: das zwei Jahre alte Orpheum, ein Gebäude im Stil der altmodischen Kinos von früher, als es nur eine einzige Leinwand für Vorführungen gegeben hatte. Im Innern aber war es viel größer als es von außen schien. Es hatte vier getrennte Vorführräume, einen Ballsaal, Garderoben, eine Küche, einen Vorratsraum und eine Bar.

Drei Tage vor dem großen Wochenende war das Theater voll im Gange gewesen, hatte die achtundzwanzig Filme gezeigt, die sich für das Festival beworben hatten, oft nur für drei oder vier Leute, manchmal aber auch für hundert oder mehr.

Am östlichen Ende der Stadt war die alte, baufällige Bobby-John-Williams-Halle, im Stil einer überdimensionalen Nissenhütte errichtet. Die Williamshalle wurde für das Volksfest, für Traktorshows und für Rodeos benutzt. Im Innern waren Tribünen zu beiden Seiten, zur Arena hin mit Reklametafeln bestückt, die für Cowboyklamotten und Schnupftabak und Dodge Trucks warben und bis zu dem staubigen Boden hinabreichten. An einem Ende befand sich etwas, das wie ein Labyrinth aus Stahlpfosten aussah: die Boxen und Gatter für die Kälber, die Wildpferde und die Stiere.

Vor dem Auditorium war ein Platz, auf dem sich die

Traktoranhänger und Winnebagos all der Cowboys und Viehhändler und Verkäufer befanden, die mit dem Rodeo kamen. Auch hier wanderten Suchscheinwerfer über den Himmel und kreuzten sich hin und wieder mit den Lichtern des Festivals am andern Ende der Stadt.

Christopher musste einen Umweg fahren, wenn er vermeiden wollte, dass er bei der Halle vorbeikam. Er hatte das mit sich selbst ausdiskutiert, während er in die Stadt fuhr und den albernen Blödsinn nachlaberte, mit dem Michael ihn fütterte. Er hatte sich klargemacht, dass er nichts, nicht das Geringste von dem Rodeo sehen wollte, um sich nicht daran zu erinnern, dass er sich auf den Abend hier schon seit Monaten gefreut hatte, stattdessen aber Marionette von Michael Serrano spielen und mit den Hollywoodspinnern rumhängen würde.

Aber er konnte trotzdem nicht ganz wegbleiben. Es war schon ziemlich masochistisch, mit der Gewissheit leben zu müssen, dass er ein Schwächling war. Er hielt am Straßenrand und starrte durch die Windschutzscheibe wie ein Kleinkind vor einem Spielzeuggeschäft.

»Ich hab mit meinem Dad geredet, dass er das Filmfestival verlegen soll«, sagte Rox. »Weißt du, damit es nicht mit dem Rodeo zusammenfällt.«

Michael sagte was in Christophers Ohr, aber dieses Mal ignorierte Christopher es ausnahmsweise. »Yeah« war seine einzige Antwort. Er sah zu, wie die Angestellten der Viehhändler einen mächtigen Koloss von Bullen vom Lastwagen luden und das Riesenvieh in eine Box lotsten.

»Echt blöd, dass du das Rodeo verpasst«, meinte Rox.

»Wie kannst du sagen, dass ich was verpasse?«, sagte Michael in seinem Ohr, *»wenn ich den Abend mit einem Engel verbringe?«*

»Ich schätze, ich werd nächstes Jahr dabei sein«, erklärte Christopher niedergeschlagen. Er versuchte ein Lächeln zustande zu bringen. »Und außerdem, wie kannst du sagen, dass ich was verpasse, wenn ich den Abend mit einem Engel verbringe?«

Rox quetschte so was Ähnliches wie ein Lächeln heraus. »Ja, wie kann ich nur?«

Vor dem Kino standen Leute in Kostümen Spalier, junge Männer mit roten Westen, roten Cowboyhüten und Lederchaps. Sie sahen lächerlich aus, fand Christopher, und jeder Einzelne von ihnen wäre ganz sicher auch lieber auf dem Rodeo gewesen, aber sie verdienten hier Geld, das sie dringend brauchen konnten. So also stellte sich Hollywood Cowboys vor.

Er hielt an und stieg aus. Einer der Kostümierten, ein Typ namens Terry Miller, kam angelaufen. »Oh, du bist's MacAvoy«, sagte er. Er schüttelte den Kopf. »Was machst du denn hier? Hast du auch 'nen Job hier?«

»Könnte man so sagen«, meinte Christopher wehmütig. Er ging ums Auto herum, nahm Rox' Hand und führte sie mit sinkendem Mut nach drinnen.

Die Eingangshalle des Kinos war überladen mit extravaganter Ausstattung – hoch aufragende geometrische Körper, geschwungene Chromfiguren und goldenes Licht. Die Halle war bis an den Rand voll mit einer bunten Mischung Leute – Techniker, die in letzter Minute noch was erledigten und mit ganzen Ladungen von Kabeln oder Scheinwerfern durch die Gegend liefen, Kellnerinnen in kurzen weißen Röcken mit Fransen und winzig kleinen Cowboyhüten, die sich mit Tabletts voller Häppchen auf Zahnstochern und mit Sekt in Plastikbechern durch die Menschengruppe schlängelten, und jede Menge wichtig, genervt, betrunken, glücklich, wütend oder eine Kombination von all dem aussehende Leute, die sich von den Häppchen nahmen und den Sekt runterschütteten. Die Stimmen waren genauso laut wie die Musik.

»Wer ist denn das alles?«, fragte Christopher und trat einen Schritt zurück.

»Hollywoodangeber«, flüsterte Rox in Christophers Ohr. Dann zwinkerte sie auffällig und lachte. Christopher lachte mit ihr und seine Welt war für den Augenblick wieder in Ordnung.

»*Ich würde meine kleine Schwester verkaufen, nur um jetzt dabei zu sein*«, kommentierte Michaels Stimme.

»Den Typen da drüben kenn ich von irgendwoher«, sagte Christopher und zeigte auf einen kleinen Mann mit Bart, verstrubbelten Haaren und Brille.

»Das ist Steven Spielberg.«

»*›Schindlers Liste‹, Oscar für den besten Film 1993, ›Die Farbe Lila‹, der war auch toll, aber die Academy hat ihn abgelehnt und ›Jaws‹! Vergiss ›Jaws‹ auf keinen Fall!*«

Michael blubberte noch eine Zeit lang weiter, rasselte eine komplette Liste mit Spielbergs Filmen runter und endete mit einer neuesten Schätzung von seinem Privatvermögen.

»Der Film war echt gut«, sagte Christopher und versuchte dabei, Michael auszublenden.

»Welcher?«

»Jaws«, sagte er.

»Ich hab gar nichts von ›Jaws‹ gesagt«, erklärte Rox. »Ich bin ja so beeindruckt, was du alles weißt«, sagte sie.

»Hey, pass auf«, meinte Michael.

»Schade, dass Michael Serrano nicht kommen konnte«, befand Rox.

Die plötzliche Erwähnung von Michaels Namen ließ Christopher hellwach werden. »Michael Serrano?«, wiederholte er und seine Stimme war auf einmal eine Oktave höher. »Witzig, dass du von ihm sprichst. Erinnerst du dich noch, dass ich gefragt hab, ob ich zu dem Empfang nachher noch einen Kumpel mitbringen könnte? Na, der Kumpel ist tatsächlich Michael Serrano.«

»Michael Serrano und du, ihr seid befreundet?«, staunte Rox. »Tut mir Leid, aber das kann ich gar nicht glauben.«

»Echt?«, fragte Christopher. »Hast du was gegen ihn?«

»Nicht direkt!«, sagte Rox leichthin. »Nein, er sieht schon irgendwie gut aus, so ein Christian-Slater-Typ. Klug ist er auch. Gewitzt.« Sie strich sich das Haar mit einer nachlässigen Bewegung aus der Stirn, die Christopher sogar hier und jetzt in einen traumähnlichen Zustand versetzte.

»Was sagt sie noch über mich?«, forderte Michaels Stimme eindringlich.

Aber Christopher musste gar nicht weiterbohren. »Weißt du, ich glaube, wenn wir beide nicht zusammengekommen wären, dann würde ich jetzt wahrscheinlich mit ihm gehen«, vermutete Rox.

»Mit Michael?«, hakte Christopher nach, leicht verwirrt über die Wendung, die das Gespräch genommen hatte.

»Klar. Nur ist Michael eben nicht halb so toll wie du. Er kann sich niemals so super Sachen ausdenken, wie du sie immer sagst.« Sie drückte seinen Arm. »Du wirst doch immer solche echt schönen Sachen sagen, ja?«

Wieder mal hatte Christopher das Gefühl, dass irgendwas gerade knapp an seinem Kopf vorbeigesegelt war. Da gab es noch was Verstecktes, in dem, was Rox eben gesagt hatte. Kodierte Informationen, auf eine Weise, wie es nur Frauen schafften.

»Lass uns hinter die Kulissen gehen«, meinte Rox fröhlich. »Daddy wird auf uns warten. Und auf dem Weg kannst du mir noch ein paar Gedichte aufsagen.«

Im Auto, zwei Häuserblöcke weiter, grinste Michael sein teuflisches Grinsen.

»Das wird easier, als ich gedacht hab«, sagte er. »Hast du gehört, was sie gesagt hat? Sie ist schon beinah so weit. Was sie jetzt braucht, ist die Wahrheit und sie wird ›Marlboro Man‹ für mich absägen.« Er warf einen Blick auf Julia, die neben ihm saß. »Und dann ist er dein.«

»So ist der Plan«, sagte Julia mit cooler, zurückhaltender Begeisterung. »Es klappt ja klasse. Wenn der Abend vorüber ist, wirst du mit Rox zusammen sein und ich gehe mit Christopher.«

»Yeah«, meinte Michael. »Ich und Rox Maslow.«

»Und ich und Christopher MacAvoy. Junge, ich krieg auf jeden Fall den besseren Teil von diesem Deal.«

»Du kriegst was?« Michael lachte spöttisch. »Du hast wohl 'nen Knall. Ich krieg hier die Chance für 'ne fette Karriere. In einem Jahr hab ich vielleicht schon kleine Rollen in Filmen, plus mein erstes Drehbuch, das in Produktion sein wird. Vielleicht muss ich nicht mal aufs College.«

»Und du hast Rox Maslow«, erinnerte ihn Julia.

»Klar, das auch«, stimmte er zu. »Wohingegen du was kriegst? Christopher? Hey, echt. Ich hab schon fast ein schlechtes Gewissen, weil ich alles Geile krieg.«

»Mmh, nicht alles.« Julia schnurrte auf eine Art, die ihn einfach elektrisierte, weil es so ... so ... so total unprofessionell war. Es war so kindlich.

»Klar, Cowboy Chris«, lästerte er »Tolle Rolle.«

»Du blickst es einfach nicht, oder?«, meinte sie mitleidig. »Als er mich zum ersten Mal geküsst hat, da war ich einfach für alle anderen Typen verdorben, kapierst du – warum denkst du, stell ich alles Mögliche an, um ihn zurückzukriegen? Ist ja nicht grade so, dass sich Jungs nicht für mich interessieren. Ich bin ja nicht hässlich, oder?«

»Nein«, gestand er ein.

»Ich find, ich hab ein ganz nettes Gesicht. Schöne Augen. Findest du, dass ich schöne Augen hab ...? Und meine Figur ...?«

»W-w-was?«, stotterte er.

»Meine Figur. Die ganzen wichtigen Stellen eben. Die sind alle okay, oder?«

»Arghhh«, meinte Michael heute Abend schon zum zweiten Mal.

»Also, hör zu, wenn ich mir den ganzen Stress mache, um an Christopher ranzukommen, dann muss es sein, weil er was echt ... echt ... echt Besonderes ist, verstanden?«

»Ja, klar ...«, antwortete Michael, dem nichts Besseres einfiel. Er trommelte mit den Fingern aufs Armaturenbrett.

»Eigentlich ist es schon fast schade«, meinte Julia. »Wenn das alles ein bisschen anders gelaufen wäre, ich meine, du und ich ...«

Er wartete, aber sie ließ das einfach im Raum stehen. »Du und ich, was?«

»Ach nichts.« Sie winkte abwehrend mit der Hand. »Ich hab mir nur gedacht, wenn du nicht so drauf aus wärst, mit Rox zusammenzukommen und ich ... so scharf ... auf Christopher, na ja, dann, ich meine, wir beide sind uns ziemlich ähnlich. Wir sind beide nicht gerade auf den Kopf gefallen. Wir haben beide eine bestimmte Art, die Dinge zu sehen – man könnte es skrupellos nennen.«

Michael nickte zustimmend. Das Wort »skrupellos« störte ihn überhaupt nicht.

»Wenn ich mir das vorstelle, nur mal so! Wenn man uns beide zusammenstecken würde, würde es einfach nichts geben, was wir nicht hinkriegen würden«, sagte Julia. »Also irgendwie sind wir einfach wie geschaffen füreinander. Und wenn ich mal ehrlich bin, beinahe jeder nette, süße, normale Typ, mit dem ich enden könnte, würde ... mh, es würde darauf hinauslaufen, dass ich ihn voll überrennen und sein Leben total ruinieren würde. Und meines. Ich glaub, irgendwo weiß ich tief in mir drin, dass genau das mit Christopher und mir passieren wird. Er braucht jemand netteres, sanfteres, der mehr wie er ist. Du dagegen, Michael ... ich meine, wenn du nicht daran denken müsstest, irgendwie an Craig Maslow ranzukommen, wäre ich wohl viel eher die Sorte Mädchen, die dir gut tut. Also, unter anderen Vorzeichen, wer weiß, ...«

»Yeah«, quetschte Michael hervor. »Klar«, meinte er total sarkastisch, »du küsst mich ja nicht mal gern.«

»Hab ich das gesagt?« Sie schüttelte den Kopf. »Ich hab bloß gemeint, dass es ein Kuss war, den wir nicht wirklich wollten. Ich hab bloß gesagt, dass damals, als ich Christopher geküsst hab, dass da, na ja ... Hitze dahinter steckte. Ich glaub, wenn du mich wirklich gern hättest und ich dich und wir so richtig ... na ja, scharf aufeinander wären, mit Verlangen, Sehnsucht, Hunger, ein starkes Bedürfnis, verzweifelte Intensität, einfach ... Hitze ... in deinem Kuss ... na ja, dann wär es echt ein toller Kuss gewesen.«

Michael sagte nichts. Er hatte kurzfristig seine Sprache vergessen. Er wünschte sich nur, Julia würde nicht dauernd das Wort »Hitze« erwähnen.

»Ich muss gehen«, meinte Julia leichthin. »Bloß auf die Toilette. Kommst du ohne mich zurecht?«

Michael riss sich zusammen. Aber trotzdem fühlte er sich merkwürdig ruhelos, zerstreut. Michael hörte, was aus Christophers Mikro kam, und versuchte angestrengt, sich zu konzentrieren, was gar nicht einfach war, mit einem Gehirn, das ständig das Wort »Hitze« hin und her wälzte.

»Ich glaube, er geht gerade in den Backstagebereich«,

sagte Michael. »Kein Problem. Er hat seine Rede für heute Abend auswendig gelernt und ich glaub nicht, dass er davor viel sagen muss.«

»Ich bin in ein paar Minuten zurück«, meinte Julia. Sie öffnete die Wagentür und stieg aus.

Sofort hatte Michael das Gefühl, dass es eiskalt war in seinem Auto.

Kapitel 15

Im Backstagebereich des Kinos war das Gewühl doppelt so schlimm wie in der Eingangshalle. Es waren nur noch wenige Minuten bis zum Beginn der Festivitäten. Die Präsentatoren (Rox und Christopher eingeschlossen) wurden von hyperaktiven Männern und Frauen mit Funkkopfhörern und Notiztafeln zusammengeholt und vorbereitet. Sie schienen Nachrichten aus dem Nichts zu empfangen, redeten ab und an fluchend und schimpfend in ihre Mikros und sahen ziemlich überarbeitet aus.

Christopher hatte Mitleid mit ihnen. Es war nicht so einfach, mit Stimmen im Ohr fertig zu werden.

Beleuchter waren dabei, die Lichter auszurichten, Leute, die sich um die Lautsprecheranlagen kümmerten, machten einen Soundcheck, irgendwer hämmerte irgendwo laut herum, und Leute mit riesigen Puderquasten jagten Filmstars hinterher und gaben sich Mühe, die berühmten Nasen zu pudern. Eine Berühmtheit brüllte, dass ihr Toupet falsch sitze.

Rox hatte sich bei Christopher untergehakt und schleppte ihn von einem zum anderen. Sie stellte ihn im Schnellgang Leuten vor, so schnell, dass Christopher nicht einmal damit anfangen konnte, sie irgendwie sortiert zu kriegen. Er streckte nur dauernd die Hand vor und sagte »Howdy, nett Sie kennen zu lernen.«

Wenn es einen Moment lang relativ ruhig war, vernahm

er ein Rauschen hinter dem schweren blauen Vorhang, das sich wie ein herannahender Sturm anhörte – das Publikum belegte die Plätze. Hunderte. Die meisten waren Profis aus dem Filmgeschäft. Alles Leute, die keine Probleme damit hatten, vor einem riesigen Publikum zu sprechen, wenn sie's denn mussten, ohne in Angstschweiß auszubrechen, wie Christopher jetzt gerade. Irgendwie war es ihm noch gar nicht richtig aufgefallen, dass er vor hunderten von Fremden sprechen sollte, so sehr war er damit beschäftigt gewesen, das Versteckspiel mit Rox weiterzuspielen.

»Das ist Christopher, mein Freund«, sagte Rox zu einem großen, schweren Mann mit schwindendem blonden Haar. Der Mann streckte seine große Hand aus. »Das ist Ross Drake. Er ist Drehbuchautor.«

Christopher genoss es gerade, das Wort »Freund« aus ihrem Mund zu hören, als eine Stimme mit New Yorker Akzent seine Gedanken unterbrach: *»Von dem hab ich noch nie gehört. Kannst du vergessen«*, sagte Michael.

»Freut mich«, sagte Drake.

»Mr Drake, ich könnte wetten, dass Christopher Ihnen dabei helfen könnte, Ihre Drehbücher ein bisschen aufzupeppen«, meinte Rox. »Was so das Gefühlvolle betrifft.«

Christopher formte gerade das Wort »Was?« in seinem Kopf, als Michael es ihm lieferte. »Sag: ›Was?‹«

»So?«, fragte Drake höflich. Er musterte Christopher gründlich. »Wieso?«

»Christopher ist der gefühlvollste Typ, den ich je getroffen hab«, erklärte Rox stolz. »Er sagt immer lauter richtig schöne Dinge.«

Christopher lächelte gequält und hätte sich am liebsten in einen Maulwurf verwandelt. Es war die eine Sache, dieses Spiel vor Rox zu spielen, die andere …

Drake sah skeptisch aus. »Nimm es mir nicht übel, Roxana, aber der junge Mann hier sieht wie ein waschechter Cowboy aus. Ich meine, ich kann mir den Jungen gut vorstellen, wie er das Lasso schwingt, reitet und den Kälbern Brandzeichen verpasst, aber literarische Höhenflüge?«

Christopher blieb nur eine halbe Minute, sich zu freuen, dass dieser völlig fremde Mann so gut hinter die Fassade sehen konnte, die Rox ihm gerade geschildert hatte.

»Oh nein, überhaupt nicht«, beharrte Rox. »Er ist ein richtiger Dichter. Zumindest kann er sie alle zitieren.« Sie nickte Christopher aufmunternd zu. *»Okay, gib mir zwei Sekunden …«*, sagte Michael in seinem Ohr. *»Okay, … sie will was Romantisches.«*

»Ich kann mir nicht vorstellen, dass Mr Drake was von mir …«, sagte Christopher und versuchte, sich dabei nicht ganz so verzweifelt anzuhören, wie er sich fühlte.

»Oh, ich will durchaus«, sagte der.

»Oh, meine Liebe gleicht einer leuchtend roten Rose. Die frisch erblüht im Junilicht.«

Christopher spürte, wie ein Muskel in seiner Wange zu zucken begann. Er lächelte wieder gequält. »Ähm … Oh, meine Liebe gleicht einer leuchtend roten Rose –«

»Burns?«, unterbrach Drake ihn, sichtlich geschockt. »Du kannst Robert Burns auswendig zitieren?«

»Ähm, ja«, stimmte Christopher zähneknirschend zu.

»Na dann, ich bitte dich, nur zu.«

»Oh, meine Liebe gleicht einer leuchtend roten Rose –«, fing Christopher noch mal von vorne an.

»Warte«, unterbrach Rox ihn. »Da ist noch jemand, der das hören sollte.«

Christopher schluckte verkrampft und hoffte gegen jede Vernunft, dass sein Gesicht nicht vor lauter Peinlichkeit rot anlief. Aber sein Gesicht fühlte sich an, als glühe es, und seine Handflächen waren feucht und er war ziemlich sicher, dass er mittlerweile puterrot war. Jetzt wollte Rox, dass noch mehr Leute Zeuge davon wurden, wie er sich zum kompletten Vollidioten degradierte?

Rox winkte jemanden her, aber Christopher hielt seine Augen gesenkt und sah deshalb nicht, wer es war. Er konnte nur Männerstiefel erkennen, als die Person hinzukam und dann hörte er die Stimme.

»Hi, Roxana«, sagte der Mann mit einer Stimme, die Christopher sofort wieder erkannte, sich aber weigerte, es zu glauben.

»Hi, Mr Hill«, erwiderte Rox. »Darf ich vorstellen, mein Freund Christopher MacAvoy. Er war gerade dabei, ein Liebesgedicht für uns zu rezitieren.«

Eine Hand wanderte in Christophers eingeschränktes Gesichtsfeld. Er hatte keine andere Wahl, er musste sie schütteln. Zu jeder anderen Zeit, bei jeder anderen Gelegenheit hätte er nichts lieber getan, als diese Hand zu schütteln.

Mit einem schrecklichen Gefühl in der Magengegend blickte er in das Gesicht von Dayton Hill.

»Also, lass mal hören … was war es?«, meinte Hill geringschätzig. »Liebesgedichte?«

Und dann musterte Dayton Hill Christopher von oben bis unten und lachte.

»Dayton Hill«, brüllte Michael ins Mikro. »Mensch, sogar du musst wissen, wer Dayton Hill ist.«

Wo um alles in der Welt war Julia? Sie war schon seit zehn Minuten weg. Das war ziemlich lang, um auf die Toilette zu gehen. Sogar für ein Mädchen. Wahrscheinlich kämmte sie sich die Haare. Oder legte Lippenstift auf ihre Lippen. Ihre Lippen.

Wenn da ... Hitze zu spüren gewesen wäre ... hatte sie gemeint.

Michael verpasste sich selbst eine Ohrfeige. »Würdest du dich bitte konzentrieren?«

Jetzt verpasste Julia Dayton Hill. Mit ihr zusammen hätte es viel mehr Spaß gemacht.

»Halt«, murmelte Michael, »kann mir eigentlich egal sein, ob sie hier ist oder nicht!«

Er schaltete das Mikro ein. »Okay, Christopher, lass uns dieses Gedicht noch mal für Mr Hill reinschieben. »Oh, meine Liebe gleicht einer leuchtend roten Rose – Aah!«

Michael zuckte zusammen, weil plötzlich ein Störgeräusch in seinem Ohr zu hören war. »Was in Teufels ...«

Er horchte noch einmal, aber er konnte nichts hören. Nichts. Keinen Ton. Nichts außer einem leichten Rauschen.

Die Verbindung zu Christopher war unterbrochen.

Hill sah Christopher von der Seite an.

»Na los, Christopher«, drängte Rox. »Ich bin hier, um ein bisschen mit dir anzugeben.«

Hill schielte zu Christopher hinüber und grinste unangenehm.

»Er tut bloß so schüchtern«, sagte Rox. »Echt, er ist so klasse, dass man nie auf die Idee käme, ihn für 'nen echten Cowboy zu halten.« Sie lachte fröhlich.

In Christophers Ohr gab es einen richtigen Knall von Nebengeräuschen und dann komplette Stille.

»Ähm, ich glaub nicht ...«, Christoper versuchte Zeit zu schinden.

»Ach komm, Christopher«, meinte Rox, »fang einfach an.«

Christopher blickte Rox an. Sie war ohne Zweifel das schönste Mädchen auf der ganzen Welt, und der Gedanke, sie zu verlieren, brach ihm fast das Herz. Er wäre der größte Idiot, der auf der Erde herumlief, wenn er's sich mit diesem ganzen blöden Kram vermasselt hätte ...

»Rox«, sagte Christopher, »ich glaub, ich werde von diesem Geblubber nichts mehr vom Stapel lassen.«

»Was? Warum nicht, Christopher?«

»Tut mir Leid«, presste er heraus. »Aber ...«

Er nickte Dayton Hill zu. »Mr Hill erinnert sich sicher daran, was John Wayne gesagt hat.«

»Noch fünf Minuten!«, brüllte einer der Helfer auf der Bühne.

»John Wayne?«, wunderte sich Rox. »Der war aber kein Dichter!«

»Vielleicht nicht. Aber er hat gesagt: ›Ein Mann muss tun, was er tun muss.‹ Und Rox, obwohl ich dich lie… na, du weißt schon … und eigentlich hier bei dir bleiben müsste, … aber … Mann, ich meine, … ich muss jetzt hier raus.«

Rox sah zu, wie er ging. »Und, wie waren wir?«, fragte Dayton Hill und zeigte auf sich und Mr Drake.

»Ihr wart echt super«, sagte Rox. »Vielen, vielen Dank.«

Sie bemerkte, dass ihr Vater sie ansah. Als sie winkte, kam er herüber.

»Sieht stark danach aus, als ob Christopher heute Abend nicht an der Präsentation teilnehmen wird, Daddy«, meinte sie. »Er musste auf einmal woanders hin.«

Plötzlich erwachte Michaels Mikro wieder zum Leben. Er war ganze fünf Minuten unterbrochen worden. Fünf Minuten, in denen dieser stupide, minderbemittelte Cowboy wahrscheinlich alles kaputtgemacht hatte!

»Christopher!«, brüllte er in das Mikrofon, »wir sind unterbrochen worden. Versuch, mir ein paar Hinweise zu geben, was grade los ist.«

Er hörte nur die gedämpften Geräusche von der Menge.

»Christopher? Hörst du mich? Was ist los?« Keine Antwort.

»Oh Gott«, flüsterte Michael. »Er hört mich nicht!« Rox würde es sicher gleich checken. Christopher würde die ganze Geschichte –

Und dann hörte Michael eine andere Stimme. Eine Stimme, die nicht von Rox kam.

»Julia?«

»Das ist ja nicht grade hip, sich hier unten unter der Bühne zu verstecken«, erklärte Julia mit kichernder Stimme. »Aber mit dir würd ich überallhin kommen, Christopher.«

Sie war mit Christopher zusammen. Julia mit Christopher. »Wie zum Teufel ist das passiert?«, brüllte Michael das Armaturenbrett an. Er hatte nur fünf Minuten lang keinen Kontakt gehabt und auf einmal war Christopher mit Julia zusammen.

»Gib mir einen Kuss. Gib mir noch einen Kuss«, sprach Julia.

»Kuss? Noch einen?«

Stille. Eine fürchterlich lange Stille. Eine fürchterlich lange Stille, die von etwas unterbrochen wurde, das nur als Schnurren bezeichnet werden konnte, wohingegen das andere Geräusch daher kam, dass Michael das Blut zu Kopf stieg.

»Das war wundervoll«, hauchte Julia. »Du weißt doch – ›die Seelen treffen sich auf den Lippen der Liebenden.‹ Genau, oh ja.«

An diesem Punkt warf Michael das Mikrofon in seiner Hand gegen die Windschutzscheibe, brüllte laut ›aaargh‹, riss die Wagentür auf, schmetterte sie gegen den Porsche, der daneben parkte, und stürzte davon.

»Glaubst du, dass alles nach Plan läuft?«, fragte Julia.

»Wenn Corelli was macht, dann läuft immer alles nach Plan«, versicherte Rox ihr. Sie sah sich in dem Raum um, ein kleines staubiges Loch unter der Bühne. Über ihren Köpfen konnten sie hören, wie die Veranstaltung ihren Lauf nahm. Ihr Vater machte einen Witz, der von anerkennendem Gelächter gefolgt wurde. »Soweit ich das mitgekriegt hab, ist die Verbindung zwischen Michael und Christopher genau im richtigen Augenblick gekappt worden. Und jetzt denkt Michael, er hört Christopher zu wie er mit dir rumknutscht.«

Julia hielt das winzige Funkgerät an ihre Lippen. »Oh Christopher«, stöhnte sie. »Du bist so viel besser als Michael, besser als er es je sein könnte.«

Die beiden Mädchen sahen sich an und lachten.

»Wie lange noch, bis Michael hier reingestürzt kommt, was meinst du?«, fragte Rox. Sie blickte auf ihre Armbanduhr. »Ich muss Christopher auf dem Rodeo finden.«

»Jede Minute«, versicherte Julia ihr, ohne auf das Rodeo einzugehen.

»Bist du sicher, dass er kommt?«

»Oh ja, ich bin ziemlich sicher –« Die Tür des kleinen Kabuffs wurde mit einem lauten Knall aufgerissen.

Da stand Michael im Türrahmen. Zwei Männer vom Sicherheitsdienst waren direkt hinter ihm und keuchten, als ob sie ihn verfolgt hätten.

»Lass sie bloß in Ruhe, Cowboy!«, brüllte Michael.

Er erstarrte, seinen Finger immer noch warnend ausgestreckt, und sein wütender Gesichtsausdruck fiel langsam in sich zusammen. In ungefähr fünf Sekunden verwandelten sich seine gebleckten Zähne in einen bis zu den Knien hängenden Unterkiefer.

»Das war klasse«, sagte Rox. »Sehr, sehr gut.« Sie wandte sich an die Sicherheitsleute: »Sie können jetzt ruhig gehen. Alles in Ordnung.«

»Mehr als in Ordnung«, meinte Julia. »So richtig megaperfekt.«

Die beiden kicherten wieder los und amüsierten sich köstlich, weil Michael immer noch festgefroren schien. Er setzte ein paar Mal zum Sprechen an, aber seine Stimme versagte völlig. Endlich brachte er ein raues Flüstern hervor: »Ihr … beide habt mich total verladen.«

»Mit etwas technischem Beistand von jemandem, der für meinen Dad arbeitet«, erklärte Rox. »Es war ziemlich leicht für ihn, deine Frequenz heute Abend rauszufinden und dann genau zum richtigen Zeitpunkt dein Signal auszublenden und unsere eigene Aufnahme stattdessen zu senden. Mr Corelli ist einfach ein Genie in solchen Dingen.«

»Ihr … habt mich total verladen«, wiederholte Michael unterbelichtet. »Aber warum?« Er wandte sich an Julia. »Warum hast du da mitgemacht?«

»Sie hat da nicht bloß mitgemacht«, meinte Rox. »Das war alles ihre Idee.«

»Um Christopher zu kriegen?«, fragte Michael, der nun völlig verwirrt war.

Julia seufzte und machte einen Schritt nach vorn. Sie legte ihm die Arme um den Hals. »Nein, du Blödmann. Um dich zu kriegen.«

»Mich?«

Julia zuckte unbekümmert mit den Schultern. »Ja, ich weiß. Du bist so moralisch wie eine Ringelnatter und liebst die Wahrheit wie ein Gebrauchtwarenhändler.«

»Amen«, stimmte Rox zu.

»Aber ich schätze, das gefällt mir an dir«, meinte Julia. »Du bist so durchtrieben, dass es schon fast wieder klasse ist. Und außerdem, als du wirklich geglaubt hast, dass ich mit Christopher zusammenkommen würde, bist du hierher gerast und hast rumgebrüllt und geschrien.«

»Ich hab ...« Michaels Gedanken überschlugen sich. »Ich hab ... bloß nachgesehen, warum die Funkverbindung nicht mehr da war.«

»Klar hast du das«, sagte Julia. Sie küsste ihn voll auf die Lippen.

»Ich war nicht ... eifersüchtig oder so«, meinte er.

Sie küsste ihn noch mal. »Weiß ich, Michael. Du empfindest überhaupt nichts für mich. Du bist immer noch durchtrieben und egozentrisch. Du planst immer noch, die ganze Welt unter deiner Fuchtel zu haben.«

»Verdammt wahr«, erklärte er. Und jetzt küsste er sie. Mit Hitze.

Rox seufzte. »Unglaublich, dass ich hier stehe und mir das antue«, meinte sie. »Aber irgendwie ist es auch süß. Und irgendwie habe ich das Gefühl, dem Zusammenschluss von Baba Jaga und Cruella De Vil beizuwohnen.«

Julia und Michael lachten beide, ein hohes unangenehmes Lachen.

Kapitel 16

Er hieß Danny-Oh-Boy. Er hatte gelblich braunes Fell. Er wog nicht ganz eine Tonne. Sein linkes Horn war kurz, nur ein Stummel. Die letzten zehn Versuche, auf ihm zu reiten, waren erfolglos gewesen. Erst vor einer Woche hatte er Terry Don West in Bullnanza runtergeworfen.

Im Bullenreiten gab es eigentlich niemanden, der zur Zeit besser war als Terry Don West, allerdings Christopher ...

Christopher saß rittlings auf dem Zaun und sah ziemlich auffällig und lächerlich aus, in seinen edlen Klamotten, die er fürs Filmfestival angezogen hatte. Der Bulle war nur ein paar Zentimeter von ihm entfernt, schnaubte, drückte sich gegen die Abgrenzungen und sah überhaupt nicht so aus, als wär er in irgendeiner Weise von Christopher beeindruckt.

»Du bist dran«, sagte einer der älteren Cowboys und spuckte einen Kautabakstrahl aus dem Mundwinkel.

»Yep«, erwiderte Christopher. Er kletterte vorsichtig runter, setzte sich auf den Rücken dieses unglaublich riesigen, irrsinnig starken Tieres. Es war wie ein elektrischer Schlag, als er den Bullen unter sich spürte, so, als ob er an eine Hochspannungsleitung fasste. Er wickelte sich das Seil um seine behandschuhte Faust und kontrollierte mit der anderen Hand, ob es richtig saß.

Sein Mund war ausgetrocknet.

Sein Herz hämmerte.

Aber er hatte sich inzwischen an das Gefühl, Angst zu haben, gewöhnt. Wenigstens hatte er jetzt vor was richtigem Angst.

Die Stimme des Ansagers tönte durch die Halle und die anfeuernden Rufe der Zuschauer mischten sich darunter.

Die Luft roch nach Kuhmist, Leder und Zigarettenrauch. Hier gehörte er her. Es war alles so einfach. So grundsolide. Kein Michael, der ihm das Ohr voll jammerte. Kein falsches Spiel, keine falschen Vorspiegelungen und der Bulle war echt. Total echt.

Er blickte konzentriert auf den Boden, machte den Kopf frei von allen Ablenkungen. Er drückte seinen Hut fest auf den Kopf, prüfte das Seil um seine Hand noch einmal, holte ein paar Mal tief Luft und sagte in seiner schönsten lakonischen Cowboystimme: »Besser wird's jetzt auch nicht mehr.«

Er setzte sich fest hin, konzentrierte sich völlig auf diese einzige Sache, auf diesem Bullen sitzen zu bleiben, acht Sekunden oben zu bleiben.

»Christopher!«, rief eine Stimme.

Rox!

Er drehte sich nach ihr um, alle Konzentration war dahin, als ihm durch den Kopf schoss, dass sie ihm nachgekommen war. Trotz allem war sie gekommen!

Das Tor war geöffnet.

Danny-Oh-Boy drückte ab, sprang in einem einzigen riesigen Satz nach draußen. Christopher fühlte, wie er abhob. Seine freie Hand schwang nach hinten, hoch in die Luft.

Er musste sich jetzt wirklich konzentrieren.

Bong! Der Bulle bäumte sich auf und schlug aus. Bong!, wieder. Es war, als wenn man auf einer Reihe von explodierenden Geschossen ritt.

Der Bulle ging nach links, wie meistens, und Christopher versuchte in der Bewegung mitzugehen. Bong! Ein ruckartiger, verrückter, verdrehter Buckler nach rechts.

Christopher kämpfte mit dem Wunsch, seine freie Hand zum Festhalten zu benutzen, es hob ihn hoch, er war fast frei in der Luft. Dann wurde er wieder nach unten auf den Rücken des Bullen geworfen. Und wieder und wieder. Sein Kiefer knallte zu, dass die Zähne wackelten. Seine Augen fühlten sich an, als ob sie rausfallen würden, beim nächsten kräftigen –

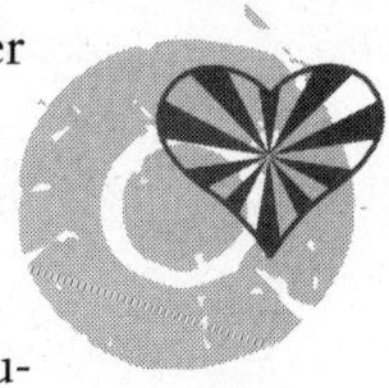

Bong! Der Bulle hatte ihn überrascht. Christopher kämpfte ums Gleichgewicht, rutschte zur Seite. Der Boden kam ihm entgegen, entfernte sich wieder, kam ihm wieder entgegen.

Von weit weg kam das schönste Geräusch der Welt – der Summton, der die acht Sekunden ausläutete.

Der zweitschönste – er hörte außerdem eine Stimme, ein aufgeregtes, beinahe montanamäßig klingendes »Whoop!«

Dem Bullen war es natürlich egal, dass die acht Sekunden vorbei waren. Er hob vom Boden ab, alle vier Hufe in der Luft.

Der Pick-up-Reiter kam, um ihn zu retten, aber zu spät. Christopher hatte die Balance verloren. Er fiel – ein komisches, zeitloses Gefühl, als ob man im Wasser war.

Dann kam er am Boden auf. Er sah sich um, komplett

ausgeschaltet. Der Bulle senkte den Kopf und richtete seine Hörner auf Christopher.

Christopher sprang im selben Moment auf, als der Rodeo-Clown in seinem grellen Kostüm durch den Ring raste und den Stier ablenkte.

Er sammelte seinen Hut auf, der heruntergefallen war, klopfte den Staub aus seinen Hosen und lief mit wackeligen Beinen aus dem Ring.

Da kam jemand auf ihn zugerannt und er zuckte zusammen. »Bist du okay?«, fragte Rox aufgeregt und musterte ihn genau, um herauszufinden, ob er irgendwelche Knochen gebrochen hatte.

»Bloß ein bisschen durchgeschüttelt, sonst nichts«, meinte Christopher.

»Tut mir Leid, dass du runtergefallen bist«, sagte Rox.

Christopher grinste. »Nein, das war ein guter Ritt.« Er spähte zur Platzierungstafel hinüber. »Vierundsiebzig.« Die Nummer war, obwohl es nur ein mäßiges Ergebnis genannt werden konnte, doch ein ziemlicher guter Anblick.

»Du willst mir erzählen, dass das der Sinn der ganzen Sache ist?«, fragte Rox. »Und das macht dir auch noch Spaß?«

Christopher sah sie an und nickte bedächtig. »Es gibt einiges, das ich dir erzählen muss, Rox. Das Erste ist – das ganze romantische Zeug, das bin ich einfach nicht.«

»Echt?«

»Nein.« Er schüttelte bekräftigend den Kopf. »Das ist ’ne lange Geschichte, aber wenn man’s kurz macht, na ja, das bin einfach nicht ich.«

Er zeigte in Richtung des Rodeos. »Ich bin nur ein einfacher, ganz gewöhnlicher Typ. Ich hab nicht viel Geld. Werd's wahrscheinlich nie haben, wenn ich von der Ranch leben will. Ich arbeite hart und von 'nem Bullen eins abzukriegen macht mir Spaß, und es ist einfach so, dass ich meistens nicht viel zu sagen hab. Also, das ist so, ... das ist so, ich schätze, du wirst mich so nehmen müssen wie ich bin, oder nicht.«

»Wurde ja auch langsam Zeit«, erklärte Rox.

»Zeit für was?«

»Zeit, dass du aufhörst zu glauben, du müsstest so tun, als wärst du jemand anderes. Ich hab dich immer gern gehabt«, sagte Rox. »Dich. Nicht die Stimme von Michael Serrano.«

Christopher erstarrte. »Du weißt das alles?«

»Ich weiß es schon seit mindestens einer Woche und hab's schon früher vermutet. Das ist 'ne lange Geschichte.«

»Seit einer Woche?«, fragte er. »Du hast mich ... du hast mich ... mit Mr Hill und so?« Dann musste er lachen. »Hey, das hast du ausgeheckt?«

»Ich bekenne mich schuldig«, sagte sie. »Ich wusste, irgendwann würdest du so weit sein, dass du es einfach nicht mehr aushalten kannst. Ich wusste, dass du dann den echten Christopher wieder rauslassen würdest, und das ist der Christopher, den ich ... na ja, den ich eben liebe.«

»Liebe?«, wiederholte er ungläubig. »Liebe! Sogar nach all dem ... nach allem, was ich getan habe? Obwohl ich so eklig war? Du lie-lie-lieb... Du weißt schon.«

»Ja«, sagte sie. »Ja, trotz allem, was passiert ist.«

Mehrere Sekunden lang brachte Christopher einfach kein Wort heraus. Aber Rox wartete geduldig, während sich die Worte von seinem Kopf hinunter zu seinem Mund quälten. »Ich liebe dich auch, Rox.« Dann grinste er. »Und das hab ich jetzt gesagt, nicht Michael Serrano.«

Sie wollten gerade Arm in Arm loslaufen, als Christopher sie bremste. »Ich muss dir noch was sagen«, meinte er. »Ich ... Ich kann vielleicht nicht immer so gut sagen, wie sehr ich dich liebe; du weißt ja, wie das ist mit mir. Aber ich werde es immer in mir spüren. Und ich werd immer versuchen, es dir zu zeigen.«

Rox gab ihm einen Kuss und von weit weg kam der Applaus des Publikums.

»Und noch was«, meinte Christopher. »Wenn wir schon dabei sind, uns die Wahrheit zu sagen und so ...«

»Ja?«

»Rox, ich kann sehr wohl erkennen, ob ein Reifen wirklich einen Platten hat oder ob bloß die Luft rausgelassen wurde.«